中国古典诗词精品赏读

白居易

陈才智 著

五洲传播出版社

图书在版编目（CIP）数据

白居易 / 陈才智著. -- 北京：五洲传播出版社，2015.10

（中国古典诗词精品赏读书系）

ISBN 978-7-5085-3253-0

Ⅰ．①白… Ⅱ．①陈… Ⅲ．①白居易（772～846）－唐诗－诗歌欣赏 Ⅳ．①I207.22

中国版本图书馆CIP数据核字(2015)第251132号

出 版 人	荆孝敏
著 　 者	陈才智
责任编辑	王　峰　王　莉
图片编辑	蔡　程
装帧设计	紫航文化

出版发行	五洲传播出版社
地　　址	北京市海淀区北三环中路31号生产力大楼B座6层
邮政编码	100088
电　　话	010-82005927　82007837（发行部）
网　　址	www.cicc.org.cn　www.thatsbooks.com
制　　作	北京紫航文化艺术有限公司
印　　刷	北京凯德印刷有限责任公司
版　　次	2017年4月第1版　2017年4月第1次印刷
开　　本	710mm×1000mm　1/16
印　　张	10.75
字　　数	140千字
书　　号	ISBN 978-7-5085-3253-0
定　　价	49.80元

编者的话

中国在历史上是一个"诗歌的国度",古典诗词是中国传统文化的珍宝。早在三千年前,我们的祖先就创作出了以"诗三百"为代表的优秀诗篇。此后每个历史年代,诗歌创作都结出丰硕的成果,其中不少名篇名句,脍炙人口,传诵至今。这套"中国古典诗词精品赏读"书系,选取了历史上最具代表性的诗人、词人的优秀作品,并加以详尽通俗的译注、评解,试图由此将古代中国人创造的最可珍贵的文化瑰宝介绍给当代海内外读者。

以"国风"为代表的《诗经》和以《离骚》为代表的楚辞,无论是在思想内容上还是在艺术手法上,都对中国后世诗坛产生了深远影响。中国诗歌至唐代而达到高峰,呈现出后人所称誉的"盛唐气象"和"少年精神",而从李白、杜甫等诗人身上,从他们留下的诗歌中,不难看出"风""骚"以来优秀传统的回响。他们都有强烈的现实关怀,关注国家、社会、民生等问题;而这种主题,往往是诗人通过自己的人生境遇和心灵历程去感悟，通过描绘自然界山川万物、人间世事民情来体现的。在唐诗的辉煌之后发展起来的宋代诗歌，成就也相当高，但最能表现此年代文学特殊成就的是词。宋代优秀的词家把这种长短句诗体运用到出神入化的地步，那或慷慨激昂、或委婉凄清的词作，今天读来仍有强烈的艺术感染力。可以说，唐诗宋词是中国文学史上最有神采的篇章。本书系介绍的诗人、词人，如东晋的陶渊明，唐代的李白、杜甫、王维、白居易、李商隐，五代南唐的李煜，宋代的苏轼、李清照、辛弃疾等，都是中国诗歌史上耀眼的星座。

中国古代诗歌注重抒情、写景，善于表现友情、亲情、爱情、乡情，以及其他复杂细微的个人情感。这形成中国诗歌又一个强大的传统。在儒家思想影响下，中国诗歌几乎从一开始就具有"发乎情，止乎礼义"的特点，情感的表达比较克制、内敛、含蓄，有别于西方的诗歌风格。与此同时，中国诗人们又强调"含不尽之意见于言外"，善于通过各种艺术手法传达言外之意，给读者以无穷的回味、想象空间。古代诗词中的优秀之作往往写得深情宛转，富于形象性和音乐性，诵读这些诗词，可以受到多层次的艺术感染和美的熏陶。古典诗词还善于表现自然之美及人与自然的融合。古人常说"诗中有画，画中有诗"，本书系中的每首作品，都配以与诗词意境相呼应的优秀传统中国画。由此，本书系的每一本书不仅引导读者欣赏、涵泳中国古典诗歌佳作，同时也带着读者一起领略中国传统绘画的魅力。通过欣赏这些诗、画，可以更深刻地领悟到中国古代艺术作品中的诗情画意，品味其艺术之美。

除了"诗情画意"的特色外，本书系以各位诗人、词人单独成册，以更清楚地展示其不同的个性和艺术风格；各分册包括诗人小传与作品赏析两部分。对每篇作品的赏析，又分为题解、句解、评解三个章节：题解交代创作背景；句解用现代语文对诗词进行逐句意译，对某些难懂的字词作注释；评解部分则提要钩玄，对作品特色进行点评。我们的本意，首先是帮助读者减少阅读中的文字障碍，继而是理解诗词的思想内容、艺术特色和写作技巧。

中国古代经典诗篇把汉语升华到至美至纯的境界，足以使每个中国人感到自豪。这些作品是联接所有炎黄子孙思想、情感的文化纽带，无论身在国内，还是身在海外，优秀的诗歌对读者的感召力都是相通的。一个喜爱祖国传统文化的人，可能会不断地接触和学习祖先的这些遗产。久而久之，这些优秀文化中的一部分会积淀下来，构成每个人头脑中一道美丽的艺术长廊，不断给人以教益、激励和艺术享受。我们期望，本书系所介绍的诗词名篇能够成为这道艺术长廊的组成部分。

　　本书系所介绍的诗人、词人，都各有很多传世名篇，限于篇幅，书中每人只选取了二三十首代表作品。限于编辑水平，书中会有种种不尽如人意之处，敬请读者朋友提出宝贵意见。

目 录
CONTENTS

2	白居易简介
15	赋得古原草送别
21	自河南经乱，关内阻饥，兄弟离散，各在一处。因望月有感，聊书所怀，寄上浮梁大兄、於潜六兄、乌江十五兄，兼示符离及下邽弟妹
27	邯郸冬至夜思家
31	长恨歌
59	观刈麦
65	买花
71	上阳白发人
79	新丰折臂翁
91	卖炭翁
99	望驿台
103	宿紫阁山北村
109	琵琶行
129	暮江吟
133	夜雪
137	问刘十九
141	大林寺桃花
145	花非花
149	钱塘湖春行
155	与梦得沽酒闲饮且约后期

白居易

中国古典诗词精品赏读

白居易简介

"离离原上草,一岁一枯荣。"

写下这诗句的,是一位妇孺皆知的伟大作家。他在当时文坛的地位就很高——高到唐代文人生前享盛名者中,无人可比;对后代影响也很大,不仅对中国文学有突出贡献,在世界文坛上也享有很高声誉。他就是白居易。

白居易(772—846),字乐天,自号醉吟先生、香山居士。因晚年官太子少傅,谥号"文",又称白傅、白文公。祖籍山西太原,故写诗作文署名时,往往自称"太原白居易"。

他的曾祖父时代，举家迁居下邽（今陕西渭南）。他的祖父白锽"幼好学，善属文，尤工五言诗，有集十卷"。在白锽任官河南时，白家寄居在新郑（今属河南）。白居易就出生在这里。他的父亲白季庚，明经出身，先后做过彭城县令、徐州和襄州别驾。白居易兄弟四人，其中一个弟弟白行简（776—826），官至主客郎中，是文学史上有名的诗人和小说家。

白居易从小聪颖过人。六七个月大时，乳母指着"之""无"二字，读给他听，他口未能言，但心已默识，以后无论谁让他指认，他都能明辨无误。三岁时，母亲手把手地教他写字。五六岁时，开始学做诗，九岁时已懂得声韵。十五六岁时，知道了可以通过考进士来实现自己的理想，于是苦节读书。二十岁前后，白天学习做赋，夜里读书，稍有空闲则学习做诗，无暇寝息，以至于口舌成疮，手肘成胝，终于通过宣州府乡试。

唐德宗贞元十五年（799），白居易第一次到达长安。第二年正月，他向给事中陈京写了一封信，同时献上杂文二十首、诗一百首，以求赏识。贞元十六年二月，白居易一举登进士第（第四名），是登第十七人中最年少的。不过，和唐代其他知名的文人相比，是比较迟的。那一年他二十九岁。

贞元十九年，白居易再登书判拔萃科（第三等），被授为秘书省校书郎，为朝廷校勘和整理图书典籍，从此踏上仕途。制举考试是皇帝下诏甚至亲临主持以选拔人才的特殊科目，名望较高，加之登科后不但可以立即授官，升迁较快，而且还能授以所谓美职、清要之官。于是，在唐宪宗元和元年（806），白居易辞去校书郎的职务，和元稹相约，共同应制举。元、白二人退居华阳观，闭户累月，揣摩当代时事，在如切如磋的备考中，彼此交谊进一步加深。白居易在此期间撰写的《策林》七十五篇，对当时的政治、经济、军事、教育、文化等重大问题，都提出了自己的应对方案。

元和元年四月，白居易、元稹同登才识兼茂明于体用科。元稹中第三次等（也就是实际上的第一名，因为唐代制科照例无第一等、第二等）。白居易则因为对策语直，屈居第四等。登科后，白居易被授为盩厔（今陕西周至）尉。元和二年秋，白居易被朝廷调任为进士考官。考试完毕后，又被添补为集贤院校理。同年十一月五日，他奉敕试制、书、诏、批答、诗五首，六日正式充任翰林学士。这是白居易仕途生涯上具有转折性的一次任职。

元和三年（808）四月，白居易被任为制策考官。四月二十八日，迁左拾遗，依前充翰林学士。元和五年，改京兆府户曹参军，仍充翰林学士，草拟诏书，参预国家机要。这段时间，白居易的政治热情很高，经常上书朝廷，直陈时弊，如请降系囚、蠲租税、放宫人、绝进奉、禁掠卖良人等，可谓"有阙必规，有违必谏"（《初授拾遗献书》）。他还写了《秦中吟》十首、《新乐府》五十首等大量讽谕诗，进入诗歌创作的黄金时期。

这一时期，元稹、白居易以及李绅，以新乐府诗歌为轴心，初步形成倾向、内容乃至风格相近的创作群体，后人为表彰其成就和意义，称之为一场"运动"，即"新乐府运动"。元和五年（810），元稹贬官江陵，白居易卸任拾遗，新乐府创作作为一场"运动"，很快就趋于消歇了。

元和六年至十年，白居易因丁母忧而罢官返乡，服除回朝后，授太子左赞善大夫（东宫属官，负责陪侍太子读书，讽谏太子过失）。

就元白新乐府创作来说，元和五年已是一个过渡。尽管此后元稹有《古题乐府》，仍继承着新乐府创作的精神，但就元白诗派的主要创作方向而言，已从元和五年开始转变到"元和诗"了，至于对这一"运动"在理论上予以回忆性的系统总结，则又要等到白居易元和十年（815）所写的《与元九书》的出现。

元和十年六月，两河的藩镇联合叛唐，派人刺杀了当时力主讨伐藩镇的宰相武元衡。时年四十四岁的白居易，第一个作出快速反应，他上疏请求限期严缉凶手。不料，当朝宰相韦贯之等，以白居易身为东宫官，却先于台谏"越职言事"，不免嫌恶。一些素来对白居易没有好感的人又趁机诬告说，白居易的母亲是因为看花坠井而死，他还作《赏花》及《新井》诗，其行为有伤名教。于是，当年八月，奏贬白居易为江州（治所在今江西九江）刺史。中书舍人王涯又落井下石，说白居易不宜任地方长官，于是又追贬为江州司马。

这次打击非常沉重，因此成为白居易一生的重要分界线。从此他由"志在兼济"，迅速而全面地转为"独善其身"，决心做到"宦途自此心长别，世事从今口不言"（《重题》），"面上灭除忧喜色，胸中消尽是非心"（《咏怀》）。但他并未辞官归隐，而是选择了一条"吏隐"的道路，一边挂着闲职，一边在庐山盖起草堂，与僧朋道侣交游，以求知足保和，与世无忤。与之相适应，描写闲静恬淡境界、抒发个人情感的闲适诗和感伤诗，便开始多起来；前期那种战斗性强烈的讽谕诗则比较少见了。

元和十三年（818）十二月，白居易改任忠州（今属重庆）刺史，仕途有了转机。他一方面率州民西涧植柳，东坡种果，深得百姓拥戴；另一方面则继续采取明哲保身、随遇而安的处世态度。元和十五年，他被召还长安，拜为尚书司门员外郎。唐穆宗长庆元年（821），迁任尚书主客郎中，知制诰，进中书舍人，又转上柱国。此时，朝中朋党倾轧，国事日非。为避免卷进政治斗争的漩涡，长庆二年，白居易请求外任，出为杭州刺史。后又做过短期的苏州刺史。在杭州任上，他疏浚城中的六口井，以利饮用；修筑湖堤，蓄水灌田千余顷。离任之时，他还将治水要领写成《钱塘湖石记》，刊于石上，使继任者知晓。据说，离开杭州时，他把官俸留在州库，作为公家缓急之需。白居易为官认真，深得百姓爱戴，在任满离苏州时，郡中父老涕泣相送十里。

唐文宗大和元年（827），白居易改任秘书监（秘书省的最高长官），又回到长安。大和二年正月，授刑部侍郎（司法部门的副长官）。次年，白居易五十八岁了。他深感年老体衰、宦途多险，乃决意彻底引退。大和三年春，他以太子宾客的身份，分司东都洛阳，从此长别帝都长安。在洛阳，他过着饮酒、弹琴、赋诗、游山玩水和"栖心释氏"的"中隐"生活，既稳保富贵，又远祸全身。这一时期，"诗豪"刘禹锡成为白居易在元稹逝世后的新诗友。二人"朝觞夕咏"，相互唱和，时称"刘白"。唐武宗会昌二年（842），白居易以刑部尚书退休。

会昌四年，白居易四处游说，筹募资金，开凿龙门八节险滩，为他人生旅途留下灿烂的一笔。会昌六年（846）八月十四日，这位七十五岁的文坛巨星在洛阳殒落。遵其遗嘱，家人将他葬在洛阳龙门香山寺北侧琵琶峰顶。诗人李商隐为他撰写了墓志。

在唐代文学史上，白居易是一位高产作家。他各体兼善，取材广泛，加之精励刻苦，文学活动持续的时间长，所以作品数量之多，在唐代首屈一指。白居易还是唐代诗人中较早有意识地整理和编集自己作品的诗人，他的集子也是唐代保存最完整的诗文别集。

白居易在去世前一年所作《白氏集后记》中说："诗笔大小凡三千八百四十首。"今存散文750余篇，诗歌2830首。白居易文集中，除"檄"外，当时的诗、赋、策、论、箴、判、赞、颂、碑、铭、书、序、文、檄、表、记这十六种文学体式皆有收录。《文苑英华》中有三十八种文体分类，竟录有白居易的二十五类作品，这是绝无仅有的。白居易在各种文体中都能大展身手的一个重要原因，是他作为文人官僚，有大量执笔公案文牍的机会。不过，白居易的散文尽管也具有重要地位，但在后人眼中，其诗歌创作的影响无疑更为深远。

在质量上，白居易也堪称大家，生前和身后的影响都很大。这既与精励刻苦、作品高产有关系，也与他的早慧、出道较早，深受前辈提携有关系，还与他年寿长、地位高、创作时间久、精品多，并且有意识地把作品整理后分藏多处有关系，更与他追求通俗平易的风格，善于团结同道，引领后学形成元白诗派有关系。

晚唐批评家张为的《诗人主客图》称他为"广大教化主"，可谓恰如其分。所谓广大教化，从诗歌创作上来看，首先是指白居易在创作表现领域，有重大的开掘和扩展。正如明人江盈科所说：白居易诗"前不照古人样，后不照来者议；意到笔随，景到意随；世间一切，都着并包囊括入我诗内。诗之境界，到白公不知开扩多少。较诸秦皇、汉武，开边启境，异事同功，名曰'广大教化主'，所自来矣"。其次是指，白居易诗歌体貌与手法的多样性。

关于这一点，长庆四年（842）元稹为《白氏长庆集》作序时，就曾指出："大凡人之文各有所长。乐天之长，可以为多矣。夫以讽谕之诗长于激，闲适之诗长于遣，感伤之诗长于切。五字律诗，百言而上长于赡，五字七字百言而下长于情。"最后，也是最重要的一点，是指白居易诗歌风格通俗平易的艺术价值，和影响广远的社会价值。陈毅元帅曾有诗云："吾读乐天诗，晓畅有深意。一生事白描，古今谁能继？"白诗在当时广泛流传于宫廷和民间，歌伎唱他的诗，寺庙、旅舍贴有他的诗，僧侣、官人、寡妇、少女读他的诗，宫中妃嫔甚至以诵得他的《长恨歌》而自负。相传写有白诗的帛可以当钱用。荆州市民葛清文身，在身上刻满白诗，称为白舍人行诗图，围观的人十分羡慕。四明人胡抱章作《拟白氏讽谏五十首》，行于东南；后孟蜀末杨士达亦撰五十篇，颇讽时事。晚唐五代的罗隐、皮日休、陆龟蒙、聂夷中、黄滔、杜荀鹤、贯休，宋代的晁迥、王禹偁、梅尧臣、苏轼、张耒、陆游，元代的王恽，明代的宋濂、吴宽、唐寅、文徵明、袁宗道，一直到清代的吴伟业、赵执信、俞樾、黄遵宪等等，都是受到白居易影响很深的文人。其他许多作家，也都在不同方面、不同程度上受到他的启示。此外，元、明、清三代剧作家有不少人取白居易诗歌的故事为题材编写戏曲，如取自《长恨歌》的白朴《梧桐雨》、洪昇《长生殿》，取自《琵琶行》的马致远《青衫泪》、顾大典《青衫记》、蒋士铨《四弦秋》、赵式曾《琵琶行》等。白诗的词句，也有很多被宋、元、明话本所采用。

不过，相对于白居易其诗而言，其人格范式同样有着不愧为"广大教化主"的巨大影响和当代价值。诗品出于人品，故"广大教化主"更为重要的一个含义,是指诗歌创作主体海纳百川、无所不容的"广大"性。白居易前期主张为政治为人生的文学观,是平民知识分子的代表;后期乐天知命,对孟子"穷则独善其身,达则兼济天下"加以实践、发挥和改造,成为后代知识分子重要的思想财富,其人格范式滋养了中国后世文人的精神家园。宋人早有"李白为天才绝,白居易为人才绝"的说法。乐天型人格范式,上承陶渊明,下启苏东坡,是中国文人三大人格范式中的重要一环。白居易曾自比"异世陶元亮",其实陶渊明,晋代之白乐天也;苏东坡,宋朝之白居易也。

白居易不仅对中国文学有深远影响,其声誉更远播海外。白诗当时就传至新罗(韩国和朝鲜)、日本、越南、暹罗(泰国)。在新罗,宰相以百金换白居易的一首诗,而且能辨明真伪。在东瀛,白居易更负盛名,被誉为"一代之诗伯,万叶之文匠",世代传诵,历千年而不衰,对日本文学的发展产生深远影响。平安文士大江唯时编辑的《千载佳句》,共收集唐代153位诗人的1110首诗作,其中白居易诗就占535首,近乎半数。平安时期藤原公任(966—1041)编纂《和汉朗咏集》,精选当时日本人欣赏推崇的和歌216首和汉诗588句,后者有234句录自中国古代诗作,而其中139句都出自白居易一人之手,大部分为被贬江州后的诗作。号称世界第一部长篇小说的《源氏物语》,其作者紫式部,不仅作为后宫女官给一条彰子皇后讲授《白氏文集》,更在其作品中引用白诗106处之多。清少纳言(966?—1024?)所著《枕草子》中,活用《白氏文集》之处亦不在少数。仁明天皇承和五年(838),藤原岳守"出为太宰少贰,因检校大唐人货物,适得《元白诗笔》,奏上。帝甚耽悦,授五位上"。这是见于日本正史的最早记载。而据《江谈抄》卷四载，与白居易同时代的日本第五十二代嵯峨天皇（786—842，810-823在位）时，已有"白氏文集一本诗渡来，在御所尤被秘藏"，白诗传入时间，以弘仁六年（815）前后可能性最大。平安朝还绝无仅有地开设了《白氏文集》讲座，由大江唯时为醍醐天皇（897—930）、村上天皇侍读。此后，数代天皇都参与了这个讲座。村上天皇还开了御前举办诗会之先河，诗会的诗题大都参照白氏七律。因为钟爱《白氏文集》，嵯峨天皇、醍醐天皇都有以白诗考对臣工的佳话传世。

日本平安时代前期，都良香（834—879）有《白乐天赞》云："有人于是，情窦虚深。拖紫垂白，右书左琴。仰饮茶茗，傍依林竹。人间酒癖，天下诗淫。龟儿养子，鹤老知音。治安禅病，发菩提心。为白为黑，非古非今。集七十卷，尽是黄金。"在这位号称"文坛奎星"的学者兼文学家的推尊下，白居易在日本诗坛广受青睐。有日本文圣之称的汉学家菅原道真（845—903）也特别尊崇白居易，自称"得白氏之体"。醍醐天皇在收到菅原道真的诗集后，以《见右丞相献家集》为题，作诗大加赞赏，夸菅原道真"更有菅家胜白样"，并在诗后自注："平生所爱，《白氏文集》七十卷是也。"据统计，《菅家文草》引用化用《白氏文集》达80余次500多首。菅原道真的恩师岛田忠臣（828—892）《吟白舍人诗》曾云："坐吟卧咏玩诗媒，除却白家馀不能。应是戊申年有子（唐大和戊申年白舍人始有男子，甲子与余同），付与文集海东来。"唐太和戊申年即公元828年，白居易始生一子，而岛田忠臣也生于828年，言外之意自己心愿成为白舍人之子，同时将《白氏文集》称为引发诗兴的"诗媒",这无疑是对白居易极表倾倒之语。

进入十世纪,礼部侍郎高阶积善有《梦中同谒白太保元相公》。对此,村上天皇第六子后中书王具平(964—1009)《和高礼部再梦唐故白太保之作》诗云:"古今词客得名多,白氏拔群足咏歌。思任天然沉极底,心从造化动同波。中华变雅人相惯,季叶颓风体未讹。再入君梦应决理,当时风月必谁过。"第三联自注云:"我朝词人才子以《白氏文集》为规摹,故承和以来言诗者,皆不失体裁矣。"紫式部的父亲藤原为时,亦有和诗《和高礼部再梦唐故白太保之作》:"两地闻名追慕多,遗文何日不讴歌。系情长望遐方月,入梦终逾万里波。露胆虽随天晓隔,风姿未与影图讹。仲尼喜梦周公久,圣智莫言时代过。"第三联自注道:"我朝追慕居易风迹者,多图屏风,故云。"充分表达其敬仰和思慕之情,也可见白居易在日本的影响。

白居易也是西方国家最为熟悉的唐代诗人。在欧洲,他与大艺术家贝多芬齐名。《英译文学百科全书》(*Encyclopedia of Literature Translation into English*)对几乎所有英译中国文学作品加以统计,在"中国文学译介"这个独立的单元中,中国历代作家作品里,唐代诗人占了一半,依目录排次有:白居易、杜甫、韩愈、寒山、李白、李商隐、王维。也就是说,在英译唐代诗人作品中,白居易名列前茅。白居易诗歌英译的第一人是英国汉学家翟理斯(Herbert A. Giles,1845—1935),他在1883年自费印刷、1884年公开出版的《古文选珍》里选译了白居易的10首诗。最早介绍和评价白居易的西方学者也是翟理斯。在两卷本《古文选珍》中,每个诗人均有简介,其中《古文选珍》散文卷的介绍是:"白居易(772—846):中国最伟大的诗人之一,一生丰富多彩的政治家。升至高位后他突然被贬谪,放逐到偏远之地,使他从此开始厌倦政治生涯。结香山九老会,与诗酒为伍。后来他被召回,官至兵部尚书。"诗歌卷则介绍说:"白居易,中国最伟大、最多产的诗人之一,一位仕途上有过正常起伏的成功的政治家。孩提时代很早熟,17岁就得到最高学历。"此后,汉学大家亚瑟·韦利(Arthur Waley,1889—1966)英译有两百多首白居易诗歌,因其流畅优美和著名的"跳跃韵"而成为英美文学的经典之作;他还撰有《白居易的生平与时代》,不仅是西方最著名的白居易研究著作,也堪称是一部有影响力的西方汉学研究经典著作。1971年至1978年,美国汉学家霍华德·列维(Howard S. Levy,1923—)陆续出版有四卷本《英译白居易诗歌》,其中后两册与诗人威尔斯(Henry W. Wells,1895—1978)合译。目前来看,白居易诗歌英译总数是中国诗人里最多的,影响也最大。因此,白居易不愧为世界级文化名人。

拙著《元白诗派研究》曾从流派角度探讨白居易文学集团及其诗歌创作,涉及元白诗派的组成人员、形成过程、文学特征和发展状况等。此后为了系统梳理这位世界级文化名人对后世文学的影响,又编撰有《白居易资料新编》,尽可能全面地收录中唐至近代关于白居易的全部评述材料,条目达六千余则,涉及2600家作者,参考书籍3000余种。另有《元白研究学术档案》,则收集评述20世纪以来海内外的研究成果,意在贯穿古今,系统总结白居易的影响史、接受史和研究史,以期拓宽和加深对白居易的认知。

当今社会,经济迅猛发展,信息化速度飞快,但生态失衡,环境污染，资源破坏，个体的孤独、焦虑、困顿等负情绪，日益蔓延；人与人之间的隔膜、疏离、对立的张力，日益加大。因此，对闲适安宁的渴望与追求，相应更为强烈。在白居易经历了人生的宦海浮沉之后，还能以超然之志来淡然相对，人如其名其字，乐天知命，安闲顺世，其处变不惊的人生态度，善于自我调节的处世之道，其中所独具的诗性智慧富于启迪，令人深思；其人其诗所含蕴的知足保和的人生观念、闲静适世的志趣选择、和光同尘的哲学思想，正愈来愈显现出夺目的当代价值。正所谓：

"野火烧不尽，春风吹又生！"

《柳浓风软燕双飞》 近现代·陈少梅

赋得古原草送别

离离原上草,一岁一枯荣。
野火烧不尽,春风吹又生。
远芳侵古道,晴翠接荒城。
又送王孙去,萋萋满别情。

题解

诗题一作《草》。借古人诗句或成语命题作诗,是古人学习作诗,或聚会分题作诗,或科举考试时命题作诗的一种方式,诗题前一般冠以"赋得",类似咏物诗的"咏"。

这首诗是白居易第一次赴长安应考的习作,也是他的成名作。据唐张固《幽闲鼓吹》和五代王定保《唐摭言》,白居易一到长安,就带着诗作去拜谒顾况,以求赏识。顾况是当时享有盛名的诗人,宰相李泌的挚友,当时任著作郎,掌撰碑志、祝文、祭文。拜访他的人极多,能得到他赞誉的却很少。起初,顾况对这个初出茅

《唐风图卷》局部．宋代·马和之

庐的少年很不以为然，见他姓名中有"居易"二字，便调侃说："长安米贵，居住不易呀！"但等读到《赋得古原草送别》中的前两联时，不禁大为赞赏，随即改口说："有才如此，居亦容易！"这是一则广为流传的逸话，未必凿然属实，但此诗在当时即为人们传诵，则可以想见。

句解

离离原上草，一岁一枯荣

古原上的草啊，一丛接着一丛，一年有一度枯萎也有一度繁荣。开篇破题面"古原草"三字。"离离"，茂密繁盛的样子，这里形容草遍地都是。"一岁一枯荣"，道出草秋枯春荣、岁岁循环不已的生长规律。作者不说"荣枯"，而说"枯荣"，强调了草的强大的生命力。

野火烧不尽，春风吹又生

野火燎原，枯草成灰，却怎么也烧不尽；春风吹拂，小草复生，大地又是一片绿色。清代田雯《论诗》说："刘孝绰妹诗：'落花扫更合，丛兰摘复生。'孟浩然'林花扫更落，径草踏还生'，此联岂出自刘欤？白乐天咏原上草送客诗：'野火烧不尽，春风吹又生。'一句之意，分为两句，风致亦自不减。古人作诗，皆有所本，而脱化无穷，非蹈袭也。"白诗此联一写枯，一写荣，语意简洁流畅，对仗自然巧妙，蕴含着发人深省的哲理，所以成为卓绝千古、过目难忘的名句。宋代吴曾《能改斋漫录》说，此两句不若刘长卿"春入烧痕青"语简而意尽，这首诗的接受史证明：这一看法是没有眼光的。

远芳侵古道，晴翠接荒城

春风习习，蔓延的芳草，掩没了通向远方的古道；晴日照耀，翠色一片，连接着荒芜的城池。上一联用流水对，妙在自然；而此联为的对，妙在精工。"古道""荒城"紧扣题面"古原"，与命题作诗要求极恰切。这两个词蕴含着时间与空间的概念，有静止、凝重的气氛；"远芳""晴翠"与之形成对照，生存竞争力之强由此可见。一个"侵"字，一个"接"字，以铺叙的手法，进一步渲染了春草的无限生机。

充满诗情画意的、富有生命力的春草，与"古道""荒城"结合起来，不仅意境别致，而且为尾联的送别提供了环境。

又送王孙去，萋萋满别情

又要送你远去，繁盛的青草仿佛也充满了离情别意。尾联关合全篇，结清题意，点出送别之意。"王孙"，公子王孙，此指所送之人。"萋萋"，指青草繁盛纷乱的样子。《楚辞·招隐士》"王孙游兮不归，春草生兮萋萋"，说的是看见萋萋芳草而怀思游子。这里变其意而用之，说的是看见萋萋芳草，而平添送别的愁情。

评 解

  这是一曲野草颂,更是一曲生命颂。"草",作为中心词,构成全诗意境的主体意象。全诗借景写情,蕴含深刻,刻画形象生动,用语自然流畅,意境浑然完整。虽是命题作诗,却能融入一定的生活感受,故字字含情,语语有味,不但得体,而且别具一格,在"赋得体"中,为千古绝唱。按"赋得体"的标准,此诗的结构也堪称严谨妥当:前四句写"原上草",后四句写"古道送别"。然而,此诗佳处,远不止于此。其为名作,实因意胜,即赞美一种顽强向上的生命精神。

  有人说此诗别有寓意,是喻小人去之不尽,或者是喻世道治乱循环等,这完全是一厢情愿的附会。这首诗正如清代屈复编选的《唐诗成法》所云:"不必定有深意,一种宽然有余地气象,便不同啾啾细声,此大小家之别。"

《岩壑清晖》局部　明代·佚名

自河南经乱，关内阻饥，兄弟离散，各在一处。因望月有感，聊书所怀，寄上浮梁大兄、於潜六兄、乌江十五兄，兼示符离及下邽弟妹

时难年荒世业空，
弟兄羁旅各西东。
田园寥落干戈后，
骨肉流离道路中。
吊影分为千里雁，
辞根散作九秋蓬。
共看明月应垂泪，
一夜乡心五处同。

题 解

这首诗作于唐德宗贞元十五年（799）。

贞元十五年（799）二月，宣武（治所在今河南开封）节度使董晋死，其部下举兵叛乱。三月，彰义（治所在今河南汝南）节度使

《仿古山水图》局部　清代·弘仁

吴少诚又叛乱。朝廷分遣十六道兵马讨伐，平叛战争规模大、时间长，大战都发生在河南道境内。此即诗题所言"河南经乱"。而此时，关内旱灾严重，但交通阻绝，南方物资无法运送，致使饥荒严重。目睹天灾人祸纷至沓来，田园荒芜，骨肉离散，诗人不免伤乱悲离，思念亲人，于是写下这首感人肺腑的抒情诗。

诗题中的"河南"，指唐时的河南道，辖今河南省大部和山东、江苏、安徽三省的部分地区。"关内"，指关内道，辖今陕西中部、北部及甘肃、宁夏、内蒙的部分地区。"阻饥"，指遭受饥荒等困难。"浮梁大兄"，指白居易的长兄白幼文，贞元十四、十五年间任饶州浮梁（今江西景德镇）主簿。"於潜六兄"，指白居易叔父季康的长子，时为於潜（今浙江临安县）县尉。"乌江十五兄"，指白居易的从兄逸，时任乌江（今安徽和县）主簿。"符离"，治所在今安徽省宿州市的符离集。白居易的父亲在彭城（今江苏徐州）做官多年，就把家安置在符离，当时诗人即在此地。"下邽"，治所在今陕西省渭南市东北，诗人原籍，白氏祖墓所在地。

据白居易《伤远行赋》讲："贞元十五年春，吾兄吏于浮梁。分微禄以归养，命予负米而还乡。……茫茫兮二千五百里，自鄱阳而归洛阳。……噫！昔我往兮，春草始芳；今我来兮，秋风其凉。独行踽踽兮惜昼短，孤宿茕茕兮愁夜长。……投山馆以寓宿，夜绵绵而未央。独展转而不寐，候东方之晨光。虽则驱征车而遵归路，犹自流乡泪之浪浪。"这些描写，正可与此诗相参看。

句 解

时难年荒世业空，弟兄羁旅各西东

时事艰难，岁逢灾荒，祖传的家业荡然一空；弟兄们羁旅行役，天各一方。首联是因果句，从时难年荒的时代性灾难写起，揭示出家园荒芜、兄弟离散的背景和原因。"时难年荒"，指遭受战乱和灾荒。"世业"，指祖传的产业。"羁旅"，指漂泊流浪。

田园寥落干戈后，骨肉流离道路中

经过战乱，田园已是一片荒芜；同胞兄弟姊妹辗转离散，各自奔波在异乡的道路上。颔联上句写景，承"世业空"，下句写人，承"弟兄"，诗人以亲身经历概括出战乱连年、家园荒残、手足离散的真情实况。"寥落"，荒芜零落。"干戈"，是古代两种兵器，此代指战争。

吊影分为千里雁，辞根散作九秋蓬

兄弟相隔千里，各在一方，有如离群的孤雁，只能顾影自怜；手足离散，就像深秋时节没了根基的蓬草，萧瑟的秋风一吹，便飞空而去，飘转无定。颈联以巧妙贴切的比喻写兄弟离散，并赋予孤苦凄惶的情态，深刻揭示了战乱零落之苦。"吊影"，孤身独处，没有伴侣，对着自己的影子感伤。"千里雁"，雁群飞时，行列齐整，古人常用雁行比喻兄弟。"辞根"，草木离开根部，这里比喻兄弟们各自背井离乡。"九秋"，深秋时节。秋季三个月，有九旬（九十天），故有"三

秋""九秋"之称。"蓬",草名,即飞蓬。秋天枯死,常被风连根拔起,在空中随风飘转,所以又叫"飞蓬"。

共看明月应垂泪,一夜乡心五处同

共望一轮明月,天各一方的兄弟,怎能不流下伤心的眼泪;一夜之间,在五个地方,大家都同样怀着思念故乡的心情。尾联以情结篇,以己推人,紧扣题意,以绵邈真挚的情思,绘出一幅五地望月共抒乡愁的图景。"乡心",思念故乡之心。诗人生长于河南新郑,在他的诗文中,每每称河南为故乡。

评 解

这是一首写战乱思亲的七律,读来如听诗人倾诉自己身受的离乱之苦。全诗语言浅白平实,如话家常,而意蕴精深,情怀真切,生动感人,已经显示出白体的特色。刘熙载《艺概·诗概》中说:"常语易,奇语难,此诗之初关也。奇语易,常语难,此诗之重关也。香山用常得奇,此境良非易到。"这首诗纯用白描手法,不用藻绘,也不用典故,堪称"用常得奇"的佳作代表。在结构上,"一气贯注,八句如一句,与少陵《闻官军(收河南河北)》作同一格律。"(《唐诗三百首》评语)

《江皋飞雪图》局部 宋代·蓝瑛

邯郸冬至夜思家

邯郸驿里逢冬至,
抱膝灯前影伴身。
想得家中夜深坐,
还应说着远行人。

题 解

　　这首诗写于贞元二十年（804）岁末，作者任秘书省校书郎，时年三十三岁。"邯郸"，今属河北。"冬至"，农历二十四节气之一，约相当于阳历十二月二十二日或二十三日。在唐代，冬至是很重要的。这一天，朝廷要放假，民间就更热闹了，大家穿新衣，互赠饮食，互致祝贺，一派过节的景象。白居易写这首诗时，正宦游在外，夜宿于邯郸驿舍中。

句 解

邯郸驿里逢冬至，抱膝灯前影伴身

冬至佳节，在家中和亲人一起欢度，才有意思。如今远在邯郸的客店里，将怎样过法呢？只能抱着膝坐在孤灯前，在静夜中，惟有影子相伴。第一句叙客中度节，已植"思家"之根。第二句，"抱膝"二字，活画出枯坐的神态。"灯前"二字，既烘染环境，又点出"夜"，自然引出"影"。而"伴"字，又将"身"和"影"联系起来，并赋予"影"以人的感情。"影"与"身"皆抱膝枯坐，其孤寂之感，思家之情，已溢于言表。"驿"，驿站，古代传递公文或出差官员途中歇息的地方。

想得家中夜深坐，还应说着远行人

这个冬至佳节，由于自己离家远行，家里人一定也过得不快乐。当自己抱膝灯前，想念家人，直想到深夜的时候，家里人大约同样还没有睡，坐在灯前，在谈论着我这个"远行人"吧！三、四两句十分感人，也颇耐人寻味：诗人在思家之时想象出来的那幅情景，却是家里人如何想念自己。至于"说"了些什么，则给读者留下了驰骋想象的广阔天地。每一个人都可以根据自己的生活体验，给予补足。

评 解

白居易的五七言绝句，共765首，约占全部诗作的27%。本诗是其中早期的一篇佳作，反映了游子思家之情，字里行间流露着浓浓的乡愁。其佳处，一是以直率质朴的语言，道出了人们常有的一种生活体验，感情真挚动人。二是构思精巧别致：首先，诗中无一"思"字，只平平叙来，却处处含着"思"情；其次，写自己思家，却从对面着笔，与王维《九月九日忆山东兄弟》"遥知兄弟登高处，遍插茱萸少一人"、杜甫《月夜》"今夜鄜州月，闺中只独看"，有异曲同工之妙。宋人范晞文在《对床夜语》里说："白乐天'想得家中夜深坐，还应说着远行人'，语颇直，不如王建'家中见月望我归，正是道上思家时'，有曲折之意。"这议论并不确切。二者各有独到之处，不必抑此扬彼。

《千秋绝艳图》局部　明代·佚名

长恨歌

汉皇重色思倾国，御宇多年求不得。
杨家有女初长成，养在深闺人未识。
天生丽质难自弃，一朝选在君王侧。
回眸一笑百媚生，六宫粉黛无颜色。
春寒赐浴华清池，温泉水滑洗凝脂。
侍儿扶起娇无力，始是新承恩泽时。
云鬓花颜金步摇，芙蓉帐暖度春宵。
春宵苦短日高起，从此君王不早朝。
承欢侍宴无闲暇，春从春游夜专夜。
后宫佳丽三千人，三千宠爱在一身。
金屋妆成娇侍夜，玉楼宴罢醉和春。
姊妹弟兄皆列土，可怜光彩生门户。
遂令天下父母心，不重生男重生女。
骊宫高处入青云，仙乐风飘处处闻。
缓歌慢舞凝丝竹，尽日君王看不足。
渔阳鼙鼓动地来，惊破霓裳羽衣曲。

九重城阙烟尘生,千乘万骑西南行。
翠华摇摇行复止,西出都门百余里。
六军不发无奈何,宛转蛾眉马前死。
花钿委地无人收,翠翘金雀玉搔头。
君王掩面救不得,回看血泪相和流。
黄埃散漫风萧索,云栈萦纡登剑阁。
峨嵋山下少人行,旌旗无光日色薄。
蜀江水碧蜀山青,圣主朝朝暮暮情。
行宫见月伤心色,夜雨闻铃肠断声。
天旋日转回龙驭,到此踌躇不能去。
马嵬坡下泥土中,不见玉颜空死处。
君臣相顾尽沾衣,东望都门信马归。
归来池苑皆依旧,太液芙蓉未央柳。
芙蓉如面柳如眉,对此如何不泪垂。
春风桃李花开夜,秋雨梧桐叶落时。
西宫南内多秋草,落叶满阶红不扫。
梨园弟子白发新,椒房阿监青娥老。
夕殿萤飞思悄然,孤灯挑尽未成眠。
迟迟钟鼓初长夜,耿耿星河欲曙天。
鸳鸯瓦冷霜华重,翡翠衾寒谁与共?

悠悠生死别经年，魂魄不曾来入梦。
临邛道士鸿都客，能以精诚致魂魄。
为感君王展转思，遂教方士殷勤觅。
排空驭气奔如电，升天入地求之遍。
上穷碧落下黄泉，两处茫茫皆不见。
忽闻海上有仙山，山在虚无缥缈间。
楼阁玲珑五云起，其中绰约多仙子。
中有一人字太真，雪肤花貌参差是。
金阙西厢叩玉扃，转教小玉报双成。
闻道汉家天子使，九华帐里梦魂惊。
揽衣推枕起徘徊，珠箔银屏迤逦开。
云鬓半偏新睡觉，花冠不整下堂来。
风吹仙袂飘飘举，犹似霓裳羽衣舞。
玉容寂寞泪阑干，梨花一枝春带雨。
含情凝睇谢君王，一别音容两渺茫。
昭阳殿里恩爱绝，蓬莱宫中日月长。
回头下望人寰处，不见长安见尘雾。
唯将旧物表深情，钿合金钗寄将去。
钗留一股合一扇，钗擘黄金合分钿。
但教心似金钿坚，天上人间会相见。

《簪花仕女图》局部　唐代·周昉

临别殷勤重寄词，词中有誓两心知。
七月七日长生殿，夜半无人私语时：
在天愿作比翼鸟，在地愿为连理枝。
天长地久有时尽，此恨绵绵无绝期！

题 解

　　这是一首被誉为千古绝唱的长篇叙事诗，作于唐宪宗元和元年（806）十二月。白居易时年三十五岁，任盩厔（今陕西周至）县尉。一天，他与在当地结识的秀才陈鸿、王质夫同游仙游寺，谈起五十多年前的天宝往事。唐玄宗与杨贵妃的爱情悲剧及相关遗闻传说，让三人不胜感慨。他们惟恐这一希代之事，与时消没，不闻于世，王质夫遂提议，由擅长抒情的白居易为之作歌，由陈鸿为之写传奇小说《长恨歌传》。于是，诗、传一体，相得益彰。白居易由此被呼为"《长恨歌》主"。

句 解

汉皇重色思倾国，御宇多年求不得
　　汉皇爱好美色，想得到绝代佳人，做皇帝统治天下多年，却一直找不到最理想的美人。开篇两句看似寻常，含量却极大。作为一国之君，不"重德思贤才"，却"重色思倾国"，能有什么好结果呢？只七个字，就揭示了故事的悲剧根源，确定了全诗情节发展方向。"倾国"一词，本来指能够使全国人为之倾倒的美色。《汉书·孝武李夫人传》载，李延年向汉武帝引荐李夫人时，曾歌曰："北方有佳人，绝世而独立。一顾倾人城，再顾倾人国。宁不知倾城与倾国，佳人难再得。"但在这里，后人读出了它的另一重意义："思倾国，果倾国矣！"

"汉皇"，指汉武帝刘彻。唐人文学创作常以汉称唐，这里借指唐玄宗李隆基。本诗写唐明皇和杨贵妃的爱情故事，只开头一句以汉代唐，其他地名人名大都是实的。

杨家有女初长成，养在深闺人未识

杨家有个女儿，刚刚出落成人，娇养在深闺里，无人有幸相识。"杨家"，指蜀州司户杨玄琰家。杨家有女，小名玉环，蒲州永乐（今山西芮城）人，自幼由叔父杨玄珪抚养。开元二十三年（735），杨玉环十七岁，被册封为玄宗之子寿王李瑁之妃。二十二岁时，玄宗欲纳为妃，慑于公媳名分，将其度为女道士，住太真宫，道号太真。二十七岁，玄宗册封她为贵妃。

白居易将杨玉环写成以"处子"入后宫，有人以为这是"为尊者讳"。其实不然。白居易并非单纯地批判李、杨的爱情，他是要让他们的爱情建立在纯洁真挚的基础上，从而体会那一份由爱情毁灭爱情的无可奈何的感伤。

天生丽质难自弃,一朝选在君王侧

天然生成的美丽姿色,毕竟不能自甘埋没;时机到来的那一天,她果然被选到君王身边。此正白居易《昭君怨》"明妃风貌最娉婷,合在椒房应四星"之意。

回眸一笑百媚生,六宫粉黛无颜色

她回眸一笑,就生出百般妩媚、千般娇羞;相形之下,六宫中的美人全都黯然失色。这里,"一"和"百"形成映衬,又和"六宫"形成对比。只"一笑",就能生"百媚",见出杨妃的绝顶美艳与万种风情。从"一"到"百",再到"六宫",数位的递升,展示了杨妃魅力的不可抗拒,为后文写她受到独宠作了铺垫。"粉黛",本为女性化妆用品,这里代指六宫中的女性。

春寒赐浴华清池,温泉水滑洗凝脂

寒冷的初春,皇帝赐她到华清池沐浴,柔滑的温泉水浸润着她美玉似的肌肤。"滑",是华清宫水的特征,也是杨妃肌肤的特征,同时形象地呈现出晶莹水珠与光洁皮肤互映的情状。"凝脂",出自《诗经·卫风·硕人》"肤如凝脂"。它传达给人的感觉,一是白净细嫩,二是光滑滋润,三是清凉可人。杨妃"丰肉微骨","肌理细腻",赐浴华清之时正年轻,故以"凝脂"形容十分恰当。"华清池",在今陕西省临潼县南的骊山下。唐贞观十八年(644)建汤泉宫,咸亨二年(671)改名温泉宫,天宝六载(747)扩建后改名华清宫。玄宗每年冬季和春初都要到此游乐。

侍儿扶起娇无力，始是新承恩泽时

侍奉的宫女将贵妃扶起，她显得娇滴滴的，身软无力；这正是她刚刚得到皇帝宠爱的时候。"恩泽"有两意：一指皇帝宠幸，二指云雨欢会。写云雨欢会，不带色情，而以含蓄丽辞状之，是高明处。

云鬓花颜金步摇，芙蓉帐暖度春宵

她有云一般的鬓发，花一样的容貌，头上装饰着轻轻摆动的金步摇。在温暖的芙蓉帐里，她和皇帝欢度春宵。"云鬓"，形容女子鬓发轻盈飘逸。"金步摇"，古代贵族妇女的一种首饰。以金做成"山题"（山形的底座），用金银丝屈曲制成花枝形状，上面有金、银、翡翠做的花、鸟、兽等装饰，缀以珠玉，插在头上，随步而摇曳生姿，故曰"步摇"。"芙蓉帐"，绣着莲花的华贵帐子。"芙蓉"即荷花。参以下文"芙蓉如面柳如眉"、白居易《上阳白发人》"脸似芙蓉胸似玉"、《感镜》"自从花颜去，秋水无芙蓉"、《简简吟》"色似芙蓉声似玉"等诗，则知此处不单单写帐，而有以帐上"芙蓉"与帐里"芙蓉"相比映之意。"暖"，非仅指"芙蓉帐暖"，也有暗喻李、杨爱欢爱缠绵之意。"度春宵"之"春"，一方面照应了前文中的"春寒"句，另一方面极言良宵之可贵。

春宵苦短日高起，从此君王不早朝

春宵是那样的美好，只是苦于太短，干脆睡到太阳老高。从此以后，君王再也不上早朝听政了。"春宵"承上，属修辞上之顶真格，同时又开启下文。"春宵"之可贵，正在其短，而李、杨鱼水和谐，爱意正浓，尤觉"春宵"之短。这两句不但写李、杨欢情浓烈，亦含有贪爱怠政之意。因为圣明君主亲躬政事，日夜操劳犹恐有失，决不会贪睡而"不早朝"。而沉溺于个人情欲之中的君主，无论其情欲是否合理，都终非"圣明天子事"。

承欢侍宴无闲暇，春从春游夜专夜

她享受着君王的恩宠，侍奉君王欢宴，没有一丝空闲。春日之时，随从君王游赏，夜晚之时，陪伴君王共枕。"承欢侍宴"，据《新唐书·杨贵妃传》："……太真得幸，善歌舞，邃晓音律。且智算警颖，迎意辄悟。帝大悦，遂专房宴。""夜专夜"指夜夜由杨妃一人独占侍寝之机。这两句和上面其他几句一起，概括李、杨缠绵情状，将浓烈欢情与荒废朝政融在一起。今日之沉湎美色，正是他日"长恨"的内因。

后宫佳丽三千人，三千宠爱在一身

后宫中的美女有三千多人，但三千人的宠爱都集于她一身。一句之中，用大小迥异的两个数字，形成对立之势，给诗句增添了表现力。前面"回眸"一联，采用的是递升的夸张，此处用的则是递减，充分写出杨妃得宠之专、受宠之深。

金屋妆成娇侍夜，玉楼宴罢醉和春

她在华美的房屋中梳好晚妆，更显娇艳，准备着侍奉君王过夜；玉楼欢宴完毕，醉意中更洋溢着春情。《长恨歌》前半部分用了许多"春"字，这当然并不意味着李、杨一系列的活动只发生在

《簪花仕女图》局部 唐代·周昉

春天,诗人只是利用了"春"这一原型意象而已。春天是万物萌动的季节,是人的情欲勃发的季节。细细品味《长恨歌》前半部分,我们就会发现,有"春"这一背景作衬托,李、杨的爱情就更加热烈,更显浪漫。"金屋",指专为女性所修之华美房室。据《汉武故事》载,汉武帝年幼时曾说,如果能娶表妹阿娇做妻子,就给她造一座金房子住。这里是指杨贵妃的住所。"玉楼",华贵的楼阁,《十洲记》:"昆仑有玉楼十二。"此指华贵的宫室。

姊妹弟兄皆列土,可怜光彩生门户

凭借贵妃,杨氏一门兄弟姐妹个个拜爵封官,领了封地。真是令人羡慕呀,一家门户尽生光彩。天宝四载,唐玄宗册封杨玉环为贵妃后,追赠其父杨玄琰为太尉、齐国公;叔杨玄珪擢升光禄卿;宗兄杨铦为鸿胪卿;杨锜为侍御史;杨钊为右丞相,赐名国忠;母封凉国夫人;大姐、三姐、八姐封为韩、虢、秦三国夫人。可谓"一人得道,鸡犬升天"。杨氏一门,出入宫廷,执掌朝政,势焰熏天。"列土",即裂土,封有爵位和食邑(分封土地)。"可怜",可爱,值得羡慕。

遂令天下父母心,不重生男重生女

于是,使得天下的父母们都改变了心愿,不重视生男孩只想生个千金。杨妃的得宠,居然改变了根深蒂固的重男轻女的观念。白居易如此写,目的很明确,仍是为了显示李隆基对杨妃的宠爱之至,以及由此产生的社会影响。陈鸿《长恨歌传》通行本云,当时民谣有"生女勿悲酸,生男勿喜欢","男不封侯女作妃,看女却为门上楣"。"楣",门户上的横木,古时显贵之家门户高大,因以门楣称门第。此句指杨家因生女而一门显赫。

骊宫高处入青云,仙乐风飘处处闻

骊山的华清宫,高高地耸入云霄;美妙动听的音乐,随风飘荡,处处都能听到。此处是写音乐,更是写李隆基与杨贵妃。因为他们都懂音乐、爱音乐,音乐的美妙与持续隐寓着李、杨爱情的浓烈与缠绵。而在这快活似神仙的背后,君王已忘了"人间"。"骊宫",骊山上的宫殿,即华清宫。

缓歌慢舞凝丝竹,尽日君王看不足

配合着管弦之乐,她轻歌曼舞。皇帝如醉如痴,整日整夜,看个不够。据《旧唐书·杨贵妃传》载:"太真姿质丰艳,善歌舞,通音律。""丝",指弦乐器,"竹",指管乐器。

歌舞丝竹在缓慢舒长的节拍下,渐趋于平稳,李杨长相厮守的爱情生活,也要就此在尘世间告终。

渔阳鼙鼓动地来,惊破霓裳羽衣曲

突然间,渔阳叛乱的战鼓惊天动地而来,惊断了宫中演奏的《霓裳羽衣曲》。至此,全诗的节奏和笔调,顿时由缠绵婉转,变为劲健快捷。"渔阳鼙鼓"句,指天宝十四载(755)十一月,安禄山起兵叛乱。"渔阳",郡名,辖今北京平谷区和河北蓟县等地,当时属于平卢、范阳、河东三镇节度使安禄山的辖区。"鼙鼓",古代骑兵用的小鼓,这里泛指战场上的鼓声。"破",古乐舞曲中有"入破"，这里指破坏。"霓裳羽衣曲"，唐代大型舞曲。《新唐书·礼乐志》载，开元年间，"河西节度使杨敬忠献《霓裳羽衣曲》十二遍"，经唐玄宗润色并作歌辞。乐曲着意表现虚无缥缈的仙境和仙女形象，天宝后曲调失传。

九重城阙烟尘生，千乘万骑西南行

京城里到处升起了烟尘，成千上万的车辆马匹护卫着皇帝逃往西南。"九重城阙"，九重门的京城，此指长安。"烟尘生"，指发生战事。"西南行"，指逃亡四川。天宝十五载（756）六月，安禄山破潼关，逼近长安。玄宗带领杨贵妃等，凌晨自延秋门出，随从仅宰相杨国忠、韦见素、陈玄礼、内侍高力士及太子等人；亲王、妃主、皇孙以下，大都从之不及。可知这次逃亡极为仓促。"六军扈从者，千人而已"，情况本来十分狼狈，可是写到诗里，就和历史不一样了。诗中用"千乘万骑"，有"为尊者讳"之意。《傅雷家书》评价说："写帝王逃难自有帝王气概。"

翠华摇摇行复止，西出都门百余里

皇帝的仪仗车驾飘飘摇摇，行进中走走停停。从京城西门逃出，两天才走了不过一百余里，来到马嵬坡。安史叛军眼看就要杀来，逃难入蜀的队伍应该是没命地奔跑，为何行进如此迟缓呢？这是因为"千乘万骑"本不想追随李、杨落荒而逃。这两句反映出军心不稳、人心涣散，含蓄地烘托出兵变即将发生时的气氛，预示着悲剧的高潮即将出现。"翠华"，皇帝仪仗队上树立的华盖，以翠鸟之羽毛为饰，故名。"百余里"，指马嵬距长安一百多里。

六军不发无奈何,宛转蛾眉马前死

护驾的六军不肯前行,又有什么办法呢?在凄楚缠绵之中,绝代美人杨贵妃就这样被凄惨地勒死于马前。"六军",周代制度,天子六军,每军一万二千五百人,后泛称皇帝的警卫部队。"宛转",犹展转,形容美人临死前哀怨凄楚缠绵的样子。"蛾眉",本指美女的眉毛,后借指美女,此处指杨贵妃。《资治通鉴》载,到马嵬驿后,将士饥疲,多已愤怒。陈玄礼以祸由杨国忠起,要杀掉他。正巧吐蕃使者二十余人拦住了杨国忠,诉说饥饿无食。杨国忠还没来得及答复,军士就大呼:"杨国忠与胡虏谋反!"在逃跑中,杨国忠被军士杀死。唐玄宗听到喧哗之声,出门察看情由,并慰劳军士,命令军士收队,但军士不肯响应。唐玄宗派高力士问是怎么回事,陈玄礼回答说:"国忠谋反,贵妃不宜供奉,愿陛下割恩正法。"唐玄宗说:"贵妃深居,安知国忠反谋?"高力士回道:"贵妃诚无罪,然将士已杀国忠,而贵妃在陛下左右岂敢自安?愿陛下审思之,将士安则陛下安矣。"玄宗只好命高力士把贵妃带到佛堂,将她勒杀。

"六军不发",要求处死杨贵妃,是愤于唐玄宗迷恋酒色,祸国殃民。诗句以替罪羊之死,委婉含蓄地抨击了唐玄宗。

花钿委地无人收,翠翘金雀玉搔头

头上的花钿一件一件掉落地上,无人拾取;其中有珍贵的翠翘、金雀,还有玉搔头。"花钿",用金翠珠宝等制成的花朵形首饰。"翠翘",一种镀成翠色的、像鸟儿翘着长尾样的头饰。"金雀",指雀形的金钗。"玉搔头",指用玉制成的簪子。这些都是"花钿"的具体种类。诗人一一细数，写香消玉殒之凄情惨状，宛然如在目前。上文的"云鬓"句，虽然也是罗列静态性名词，但尾字"摇"却多少使句子具有了一点动感，这动感与李杨热烈的爱恋是映衬着的。而"翠翘"句同样罗列静态性名词，全句无半分活力，这正与杨妃之惨死相宜，与"无人收"相呼应。

君王掩面救不得，回看血泪相和流

一代君王，面对此状，只能掩面痛哭，却无法挽救；回头眷顾，禁不住血泪交流。"救不得"，不是不想救，而是救不了，是无助与无奈。既曰"掩面"，又曰"回看"，岂不矛盾？其实，"掩面"是不忍见其死，"回看"是不忍无情地离去。这里，一"血"一"泪"，一死一生，衬托出凄惨、痛苦、万般无奈的情状。

黄埃散漫风萧索，云栈萦纡登剑阁

秋风瑟瑟，卷起漫天黄尘，君臣们历尽艰辛，通过盘旋曲折、高入云霄的栈道，才抵达剑阁。"剑阁"，又称剑门关，在今四川剑阁县东北大、小剑山之间，是由秦入蜀的要道。此地群山如剑，峭壁中断处，两山对峙如门。诸葛亮为蜀相时，命人凿石驾凌空栈道以通行。据历史记载，玄宗幸蜀并不经过剑门关。白居易如此虚构，意在借助剑门关的险峻，渲染一种艰辛的氛围。另外，入蜀之初在六月，七月即达成都，一路上的真实景况也不会"黄埃散漫风萧索"。秋天乃万物凋零、生机消歇的季节，是生命悲剧的季节。从春天到秋天，李、杨爱情也走向悲剧。白居易虚构路途的险峻、时景的萧瑟，无非要与当时动荡的时局，与玄宗衰飒的心境相配合。

峨嵋山下少人行，旌旗无光日色薄

峨嵋山下行人稀少，太阳暗淡无光，旌旗也失去色泽。"峨嵋山"，今四川峨眉山。明皇逃蜀，并未经过，这里也是泛用典故。"无光"与"薄"互文，渲染气氛，以衬托人物的心境。

蜀江水碧蜀山青，圣主朝朝暮暮情

蜀江一片碧绿，蜀山一派青葱，日日夜夜触动着君王的相思之情。上句写连绵不断的碧水青山，下句写李隆基的内心世界。以美丽的自然景色，反衬回肠荡气的相思之情。"朝朝暮暮"，用循环往复的动态变迁，衬托李隆基内心的孤寂与苦闷。

行宫见月伤心色，夜雨闻铃肠断声

在行宫里望月亮，是一片伤心之色；空山夜雨里，听铃铛声响，是令人断肠的哀音。这两句诗不直说唐明皇伤心断肠，而以悲凉之景，烘托人物的痛苦悲情，曲尽其妙。"行宫"，皇帝外出时临时居住的宫室。"夜雨闻铃"，栈道险要处，要拉铁索方能通过，上系铃铛，以便行人闻声前后照应。唐代郑处诲《明皇杂录》云："明皇既幸蜀，西南行。初入斜谷，属（遇）霖雨（连阴雨）涉旬，于栈道雨中闻铃音与山相应。上（明皇）既悼念贵妃，采其声为《雨霖铃》曲，以寄恨焉。"

天旋日转回龙驭，到此踌躇不能去

战乱平定后，时局好转，君王起驾回京，路经赐死杨贵妃的马嵬坡，徘徊留恋，不忍离去。"天旋日转"，暗指肃宗至德二年

(757)九月,郭子仪军收复长安,十二月唐玄宗回到长安。去时同车共载,返时人如黄鹤,再经马嵬,怎能不倍感伤情!"龙驭",皇帝的车驾。

马嵬坡下泥土中,不见玉颜空死处

马嵬坡下,杨妃葬身之处,空有荒凉的泥土,再也见不到她美丽的容颜。据史载,唐玄宗由蜀返回长安,途经马嵬坡葬杨妃处,曾派人置棺改葬。挖开土冢,尸已腐烂,惟存所佩香囊。一个"空"字,蕴含着唐玄宗悲哀、痛苦的回忆和无尽的思念之情。"马嵬坡",在今陕西省兴平市西,即"西出都门百余里"所指之地。

君臣相顾尽沾衣,东望都门信马归

君看着臣,臣望着君,伤心的眼泪,打湿了衣裳。向东远望长安城,放松马绳,任它前行。马嵬坡距长安百余里,东望是望不到的,此处只是说长安从心理上感觉已近。即将回到失而复得的京城,本该快马加鞭,然而玄宗怅然若失,意趣全无,只因美人已去,其他一切似已无足轻重,正所谓"不爱江山爱美人"。"都门",都城之门,这里代指长安。

归来池苑皆依旧,太液芙蓉未央柳。芙蓉如面柳如眉,对此如何不泪垂

回到宫中,水池庭苑依然如故;太液池的荷花、未央宫的杨柳,还是那样娇媚动人。那荷花就像贵妃美丽的面容,柳叶就似她的双眉,面对此景,叫人如何不伤心落泪?"太液""未央",是

《合乐图》局部　五代·周文矩

对"池苑"的具体申说。"太液",即太液池,在大明宫内。"未央",汉有未央宫。这里借指唐长安皇宫。

春风桃李花开夜,秋雨梧桐叶落时

熬过了春风拂面、桃李盛开的夜晚,却难度秋风秋雨吹打梧桐落叶的时日。上句呼应前文"春从春游夜专夜"等句,暗示李、杨昔日形影相随缠绵甜蜜的爱情;下句开启下文"西宫南内多秋草"等句,点出李隆基目前形影相吊思恋欲绝的处境。诗人以时光和景物烘托人物的思想感情,把秋天与春天进行近距离地观照、对比,使李、杨前后境遇的大起大落,更为鲜明地表现出来,给读者以更强烈的心灵震撼。

西宫南内多秋草,落叶满阶红不扫

西宫、南内到处都是枯黄的秋草;台阶上落满了红叶,无人清扫。这两句用凄凉的气氛、环境,烘托出李隆基居处的荒凉冷落和后期生活的痛苦孤独、百无聊赖。其中所突出的衰草这一意象,和人物的心情是对应的,同时暗示了被隔离的处境。"西宫南内",皇帝居住的皇宫叫"大内",亦简称"内"。唐代以太极宫为西内,大明宫为东内,兴庆宫为南内。唐玄宗回京后,先住在南内。唐肃宗上元元年(760),宦官李辅国挑拨玄宗和肃宗的父子关系,肃宗把玄宗迁到西内的甘露殿,实际是幽禁。

梨园弟子白发新,椒房阿监青娥老

当年的梨园弟子新添了根根白发,椒房的宫女太监们一个个容颜衰老。"梨园弟子""椒房阿监",都是承平时李、杨生活的见证人,而今都垂垂老矣。时间的流逝、人事的流转、今昔变迁之慨,已意在言外。"梨园",唐玄宗时宫中教习音乐的机构。开元二年,选坐部伎子弟三百,唐玄宗亲自教法曲,号为"皇帝弟子";因院所靠近禁苑的梨园,故又称"梨园弟子"。"椒房",后妃居住之所,以椒和泥涂壁,取其温暖,兼辟除恶气,使有香气。后亦以"椒房"为后妃的代称。"阿监",宫内近侍之女官或太监。"青娥",年轻的宫女。

夕殿萤飞思悄然,孤灯挑尽未成眠

夜晚的宫殿中流萤乱飞,玄宗愁闷无语,悄然相思。一盏孤灯相伴,灯草挑尽,仍然辗转难眠。"夕"为时间意象,黄昏之时,最易引发人的思念与哀愁。"殿"为空间意象,其空旷又易引发人的孤独之感。"萤"指萤火虫,古人认为萤火虫是腐草所化,所聚之处多为荒芜冷落之地。萤火虫的微弱光亮与无边的暮色形成强烈的对比,使本已空旷的大殿更觉昏暗。就在这一片昏暗中,惟有两种光,一是孤灯,一是萤火虫,更加烘托出凄凉的景象。"孤灯",除了表示数量意义之外,还带有一层情感色彩,实指孑然一身、形影相吊的玄宗。古时用灯草点油灯,过一会儿就要把灯草挑一下,让它继续燃烧。"挑尽",是说夜已深了,灯草即将挑尽,它表示一种结果,也暗示一个过程,即一直挑至终了。

迟迟钟鼓初长夜,耿耿星河欲曙天

总觉得长夜漫漫,钟鼓迟迟不响,眼看着夜色一点点退去,天空渐渐露出曙光。上句照应上文"夕殿"句，下句照应"孤灯"句。一早一晚，暗示玄宗无时无刻不在思念杨妃。"钟鼓"，报时的工具，所谓晨钟暮鼓是也。"迟迟"，是说时间迟缓，拖得很长，这是不眠人的自我感觉。"初长夜"，意为漫漫长夜刚刚开始。"耿耿"，明亮之意。"星河"，银河。银河在即将天亮时愈显明亮，这是不眠人所见。

鸳鸯瓦冷霜华重，翡翠衾寒谁与共

寒冷的鸳鸯瓦上，结了一层厚厚的白霜；冰凉的翡翠绣被，与谁共用？这两句是形容玄宗失去贵妃后的孤独、凄楚与悲伤。"鸳鸯瓦"，屋顶上的瓦一俯一仰，相合构成一对，如鸳鸯双栖，故名。"翡翠衾"，布面绣着翡翠鸟的被子。鸟儿雌雄双飞，是爱情的象征。白居易在作品后半部分往往明里暗里把李、杨境遇前后进行对比。李、杨相亲相爱之时，"芙蓉帐暖度春宵"；爱情失落之后，"翡翠衾寒谁与共"。一"暖"一"寒"，是自然界变迁所致，更是人事变迁的结果。

悠悠生死别经年，魂魄不曾来入梦

生离死别已经过了一年，杨妃的亡魂始终未曾进入梦中。思念到极处，在梦中相见也可聊以慰藉，然而这样的期待依然落空。此时的痛苦真是到了无以复加、难以忍受的地步。这两句语调酸楚动人，有浓重的抒情气氛，为下文作好了铺垫。"经年"，唐玄宗于天宝十五载（756）六月离长安奔蜀，次年十二月回长安，历经一年半。

临邛道士鸿都客，能以精诚致魂魄

有一位临邛的道士客居长安，能用至诚招回死者的魂魄。"临邛"，今四川邛崃县。司马相如与卓文君相爱的故事就发生在这里。把道士说成是临邛的，除四川为道教发祥地外，可能还以司马相如与卓文君的爱情故事隐喻李杨故事。"鸿都"，东汉都城洛阳的宫门名，这里借指长安。这两句与上面两句联系紧密。前言生人不得见，期之以梦，而梦中相逢的希冀也属镜中之花，事情至此依稀"山穷水复疑无路"，但接下来却"柳暗花明又一村"。

为感君王展转思，遂教方士殷勤觅

为太上皇苦苦思念贵妃、辗转不眠之情而感动，于是命道士想方设法努力去寻找贵妃灵魂。"为感""遂教"之前省略了主语，至于是谁，不必细究。"展转思"总结上文"黄埃"以下三十二句所写李隆基思恋杨妃之状。

排空驭气奔如电，升天入地求之遍。上穷碧落下黄泉，两处茫茫皆不见

道士腾云驾雾，疾驰如闪电，几乎一切地方都寻找个遍。结果，上登九天，下入黄泉，两下里渺茫迷离，全都找不见。这里是具体描写"殷勤觅"的情状。"下"之后承上省一"穷"字。"碧落"，道家所称东方第一层天，为碧霞满空状。这里泛指天上。"黄泉"，人死后埋葬的地穴，借指阴间。"两处"与"皆"、"茫茫"与"不见"相互作用，加强了否定与绝望的语气。为表

现道士行动的积极紧张，诗人在前二句紧锣密鼓地运用了动词"排""驭""奔"和"升""入""求"。句式于整齐中求变化，显得张弛有节、缓急有序。

忽闻海上有仙山，山在虚无缥缈间。楼阁玲珑五云起，其中绰约多仙子

忽然听说东海之上有座仙山，坐落在虚无缥缈的云海间。玲珑的楼阁上，萦绕着五色祥瑞之云，楼里面住着风姿绰约的天仙。在寻觅希望即将破灭之际，接以"忽闻"，使文章叙述陡起波澜。而由"忽闻"转入肯定性叙述，点逗出"仙山"后，复接以"虚无飘渺"之词再作跌宕，然后正式推出具体实在的"玲珑""楼阁"和"仙子"，使得诗意曲折有致，并伴随着终有所得的惊喜。

中有一人字太真，雪肤花貌参差是

其中有一位仙女名叫太真，她雪一样的肌肤，花一样的容貌，看起来很像要寻找的贵妃。诗人写杨妃的出现，故意不下肯定语，而模糊言之。"太真"，杨玉环为道士时的道号。

金阙西厢叩玉扃，转教小玉报双成

轻轻叩响金色楼阁中西厢房的玉门，请求仙女小玉、双成速去报知。"金阙"，黄金装饰的宫殿门楼。"玉扃"，玉石做的门环。"小玉"，吴王夫差女。"双成"，传说中西王母的侍女。这里都是借指杨贵妃在仙山的侍女。

闻道汉家天子使，九华帐里梦魂惊

听说汉家天子派来了使者，九华帐里的她从梦中猛然惊醒。"惊"，既指杨妃由梦而醒，也意味着方士的到来事出意外。"汉家"，代指唐朝。"九华帐"，绣饰华美的帐子。

揽衣推枕起徘徊，珠箔银屏迤逦开

披起衣服，推开枕头，走出床帷，激动得来回走动不停，一路上把珠帘银屏层层打开。上句七字之中竟有四个动词，层次感很强地展示出杨妃接连不断的行动，透露出她在仙界朝思暮想的殷切期待和由于消息突然传来而表现出的惊喜，以及由惊喜带来的不知所措，描写逼真而传神。"珠箔"，珠帘。"银屏"，饰银的屏风。"迤逦"，接连不断。

云鬓半偏新睡觉，花冠不整下堂来

她发髻半偏，刚刚睡醒，等不及梳洗打扮，甚至顾不上扶正花冠，便急急忙忙走下堂来。"新睡觉"呼应上文"九华帐里梦魂惊"，"下堂来"呼应上文"珠箔银屏迤逦开"。

风吹仙袂飘飘举，犹似霓裳羽衣舞

杨贵妃站在仙山之上，清风吹来，衣袖随之轻轻飘起，就好像当年曾为君王表演《霓裳羽衣舞》时一样妩媚动人。诗人借助想象，让杨贵妃的形象在仙境中再现。她风采依旧，但已是亡魂，恒在的美丽，掩饰不住人世变迁的哀伤。

玉容寂寞泪阑干，梨花一枝春带雨

杨贵妃身居仙山蓬莱宫中，天长日久，生涯寂寞；听到玄宗派遣使节到来，她如玉的容颜流满了晶莹的清泪，就好像一枝梨花带着点点春雨。"玉容"应以"梨花"，均有白皙之意。由于梨花色白且经不住晚春风雨，诗人往往用它象征不幸而哀伤的女性。"泪阑干"应以"春带雨"，写杨妃珠泪潸然之貌。一句直接描绘，一句间接描绘，同一意象获得了叠加的效果，二者融合成一个完整的形象。

含情凝睇谢君王，一别音容两渺茫

她含情凝目，再三请道士转谢君王，诉说着与玄宗一别以后音容渺茫的惆怅。"两渺茫"，指李、杨两地悬隔，空有相思而不得相见。"两"与"一"相互映衬，分别加强"别"和"渺茫"的效果。"一别"句以下数句，把叙述者（白居易）的叙述与故事中人物（贵妃）的叙述结合在一起，用双声更好地唤起读者心理上的共鸣。

昭阳殿里恩爱绝，蓬莱宫中日月长

昭阳殿里的恩恩爱爱已经断绝，贵妃只能在蓬莱宫中苦度漫长的时光。上句对过去的爱情作了个总结，"绝"字凝重而断然；下句则一笔写入无限的未来，"长"字悠远而凄然。爱情属于短暂的过去，未来属于无尽的孤寂。"昭阳殿"，汉成帝宠妃赵飞燕的寝宫，此借指杨贵妃住过的宫殿。"蓬莱"，传说中的海上仙山，这里指贵妃在仙山的居所。

回头下望人寰处，不见长安见尘雾

回头下望人世间，只能望见尘雾，却始终无法看到长安。此二句道出生死隔绝，为开启下文着笔。长安既不得见，相会自然更无因缘，于是才有聊寄信物以表深情的描绘。

唯将旧物表深情，钿合金钗寄将去。钗留一股合一扇，钗擘黄金合分钿。但教心似金钿坚，天上人间会相见

惟有拿出当年与君王恩爱时所得的旧物略表深情，请求道士把这钿盒、金钗带回君王前。金钗被掰成两股，钿盒分作两半，双方各持一股、一扇。只要两人同心，如金钿一样坚贞，天上人间虽阻隔重重，总会有相聚的那一天。

不写成"钿盒"而用"钿合"，也许还有相合、相会之意。以物之两半相合喻夫妻合谐，或以两半之分喻两情悬隔，这种写法由来已久。金钗、钿盒原是完整的两件东西，如今一分为二。一方面，如原文所言，是表示爱情的地久天长；但另一方面，意味着永无复合的可能。这也正象征李、杨再次结合的期望永无实现的可能，故具有反讽效果。

临别殷勤重寄词，词中有誓两心知。七月七日长生殿，夜半无人私语时：在天愿作比翼鸟，在地愿为连理枝

临别时又反复多次委托道士把话儿捎去，其中的誓愿只有君妾两人知道。有一年七月七日，在长生殿上，夜深人静时，两人曾山盟海誓：在天上愿作相依双飞的比翼鸟，在地上愿作相生相缠的连理枝。

"七月七日",为牛郎织女一年一度相会之时。"长生殿",在骊山华清宫集灵台侧近。不过,唐代也称皇帝寝殿为长生殿,不必细究。这几句写得哀婉动人,深情缠绵。"七月"以下六句,为作者虚拟之词。陈寅恪《元白诗笺证稿·长恨歌》云:"长生殿七夕私誓之为后来增饰之物语,并非当时真确之事实","玄宗临幸温汤必在冬季、春初寒冷之时节。今详检两《唐书·玄宗纪》无一次于夏日炎暑时幸骊山。""比翼鸟",传说中的鸟名,只有一目一翼,其名鹣鹣,雌雄并列,紧靠而飞。"连理枝",两棵树枝干连生在一起。古人常用此二物比喻情侣相爱、永不分离。

天长地久有时尽,此恨绵绵无绝期

虽然天长地久,也会有穷尽时,而这生离死别的绵绵长恨,却永远不会有了结的时候。最后两句以概括性的语言点明"长恨",表现了唐玄宗对杨贵妃的爱情誓言不能实现的千古遗恨。这两句常为后人引用。《老子》谓"天长地久,天地所以能长且久者,以其不自生,故能长生",这里则反其意而用之。通过"尽"对"天长地久"的否定,极度夸张地写出了"恨"之永。同时,又通过"此恨绵绵无绝期",显示了"在天愿为比翼鸟,在地愿为连理枝"愿望的虚妄,加深了李、杨爱情的悲剧意义。其实,愈是饱含泪水不懈地追求与思恋,其分离就愈具有悲剧意义,使人冥冥之中感受到的那一份无可奈何的心灵负荷就愈沉重,感伤的心灵就愈丰富。而李、杨永恒的分离与彼此痛苦的思恋,又把他们的悲剧放大了,使他们的爱情悲剧上升到了一个新的境界。

评解

　　这是一首著名的长篇叙事诗,以"长恨"为中心,生动地描绘了唐玄宗、杨贵妃缠绵悱恻的爱情故事及悲剧结局。其中相当复杂的情节,只用精练的几句话就交代过去,而着力在情的渲染。诗人从反思的角度写出了造成悲剧的原因,但对悲剧中的主人公又寄予同情和惋惜。全诗写得婉转细腻,却不失雍容华贵,没有半点纤巧之病。明明是悲剧,却又那样超脱,实为浪漫与古典兼备的绝妙典型。读后令人荡气回肠,不愧为千古绝唱。

　　关于《长恨歌》的主题,历来有争论。或曰批判"汉皇重色"误国;或云歌咏李杨爱情;或云二者兼有之。然而文学作品的价值并不止于"主题"。从作者创作意图来看,《长恨歌》即"歌长恨",歌咏爱的长恨。白居易自言"一篇长恨有风情"(《编集拙诗成一十五卷因题卷末戏赠元九李十二》),说明作者是为歌"风情"而作此诗。诗分四段,先写热恋情景,突出杨氏之美和玄宗对她的迷恋,对玄宗因贪恋女色而误国事有所讥讽。次写兵变妃死,悲剧铸成,玄宗肠断。这是悲欢荣辱极端对比的写法。再写物是人非及刻骨铭心的无望思念。最后写天人永隔之长恨。如此由乐而悲而思而恨,构成全诗的感情脉络,其间因果关系密切而分明。

观刈麦

田家少闲月，五月人倍忙。
夜来南风起，小麦覆陇黄。
妇姑荷箪食，童稚携壶浆。
相随饷田去，丁壮在南冈。
足蒸暑土气，背灼炎天光。
力尽不知热，但惜夏日长。
复有贫妇人，抱子在其旁。
右手秉遗穗，左臂悬敝筐。
听其相顾言，闻者为悲伤。
家田输税尽，拾此充饥肠。
今我何功德？曾不事农桑。
吏禄三百石，岁晏有余粮。
念此私自愧，尽日不能忘。

《莲溪鱼隐图》局部　明代·仇英

题 解

这是一首五言古诗,诗题原注云:"时为盩厔县尉。"盩厔,今陕西周至。这是三十六岁的诗人于元和二年(807)任盩厔县尉时所写,是诗人早期一首著名的讽喻诗。

句 解

田家少闲月,五月人倍忙。夜来南风起,小麦覆陇黄

农户人家一年四季很少有闲暇的时候,特别是到了五月收麦子的季节,人们更是加倍地繁忙。夜里,一阵南风吹起,满地的小麦覆盖着田垄,到处一片金黄。诗一开头,即交代背景。"少""倍"二字,是诗眼所在,前者表现了农民终年辛劳,后者反映出麦收季节的格外忙碌。"垄",田埂。

妇姑荷箪食,童稚携壶浆。相随饷田去,丁壮在南冈

姑娘媳妇们肩挑着食盒,孩童们手提着壶浆,互相招呼着送饭到田里去,因为那些青年壮汉正在南冈收割小麦。前两句是互文,"荷箪食""携壶浆"的主语是"妇姑"和"童稚"。"箪",古代盛饭用的圆形竹器。"壶浆",用壶盛的汤水。"饷田",给在田里劳作的人送饮食。

足蒸暑土气,背灼炎天光。力尽不知热,但惜夏日长

他们低头割麦,脚底下蒸腾着湿热的土气,脊背上照射着灼人的太阳。本来已经累得筋疲力尽，但仍顾不上炎热，只想珍惜这初夏较长的天光，能够多干点活。写到此处，一幅农民辛苦劳碌的情景，已经有力地展现出来。"力尽不知热，但惜夏日长"，是一种反常心理。正因如此，才会使读者去想，为什么会有这种反常。

复有贫妇人，抱子在其旁。右手秉遗穗，左臂悬敝筐
还有一个贫穷的妇女，抱着小孩站在他们身旁。她的右手拿着一些撒落下来的麦穗，左胳臂挎着一只破旧的竹筐。篇章至此，视角突然转向拾麦者，描绘出令人心酸的场景。

听其相顾言，闻者为悲伤。家田输税尽，拾此充饥肠
听她望着大家说出的那番话，人人都不禁为之万分悲伤。为了给官家纳税，她早已把自家的田产卖光，如今拣拾这些麦穗，只不过是为了填一填饥饿的肚肠。割麦者和拾麦者，两种情景交织在一起，有差异又有关联：前者揭示了农民的辛苦，后者揭示了赋税的繁重。今日的拾麦者，正是昨日的割麦者；而今日的割麦者，也可能成为明日的拾麦者。强烈的讽谕意味，自在不言之中。

今我何功德？曾不事农桑。吏禄三百石，岁晏有余粮。念此私自愧，尽日不能忘
我又有什么功劳和德望？既不务农，也不采桑，可一年的俸禄竟有三百石，到年末，仓库里还存有余粮。默念着这些，私下里越发感到羞愧，乃至终日都不能把它遗忘。

这段抒情文字是全诗的精华所在，是作者触景生情的产物，表现了诗人对劳动人民的深切同情。白居易写讽谕诗，目的是"惟歌生民病，愿得天子知"。在这首诗中，他以自己切身的感受，把农民和作为朝廷官员的自己作对比，就是希望"天子"有所感悟。手法巧妙而委婉，可谓用心良苦。

评 解

  白居易是一位擅长写叙事诗的艺术巨匠。他的叙事诗多能曲尽人情物态，将事件写得曲折详尽、娓娓动听。而且，他的叙事诗里总是有着心灵的揭示，蕴含着感情。在这首诗里，诗人的心灵显然是被耳闻目睹的悲惨景象震动了。他不仅生动真切地描绘出割麦者与拾麦者辛勤劳碌、悲惨痛苦的生活情景，而且在字里行间浸透着对他们的深切同情。难能可贵的是，诗人反躬自思，联想到自己。在那个时代，诗人能够主动去和农民对比，确实难得。这样的对比，新颖精警，发人深省，更显出这首诗的思想高度。

《各色牡丹图》局部 清代·陈卓

买 花

帝城春欲暮,喧喧车马度。
共道牡丹时,相随买花去。
贵贱无常价,酬直看花数:
灼灼百朵红,戋戋五束素。
上张幄幕庇,旁织笆篱护。
水洒复泥封,移来色如故。
家家习为俗,人人迷不悟。
有一田舍翁,偶来买花处。
低头独长叹,此叹无人谕:
一丛深色花,十户中人赋!

题 解

　　这首诗是白居易有名的《秦中吟》十首之一,构思于"贞元、元和之际",落笔于元和三年(808)或四年。当时,白居易在长安任左拾遗、翰林学士。

　　《秦中吟》序:"贞元、元和之际,予在长安,闻见之间,有足悲者。因直歌其事,命为《秦中吟》。"元和六年至九年间,白居

《花卉山水图》局部　明代·陈洪绶

易《伤唐衢》（其二）："忆昨元和初，忝备谏官位。是时兵革后，生民正憔悴。但伤民病痛，不识时忌讳。遂作《秦中吟》，一吟悲一事。贵人皆怪怒，闲人亦非訾。天高未及闻，荆棘生满地。"元和十年《与元九书》又说："闻《秦中吟》，则权豪贵近者相目而变色矣……诸妓见仆来，指而相顾曰：此是《秦中吟》《长恨歌》主耳。"《编集拙诗成一十五卷因题卷末戏赠元九李二十》云："一篇《长恨》有风情，十首《秦吟》近正声。"长庆四年（825），元稹《白氏长庆集序》云："因为《贺雨》《秦中吟》等数十章，指言天下事，时人比之风、骚焉。……乐天《秦中吟》《贺雨》讽谕等篇，时人罕能知者。"

从上述来看，似乎白居易对《秦中吟》的鼓吹更为用力，而且就当时的流传和社会影响而言，《新乐府》好像也略逊一筹。这大概一是因为：《秦中吟》落笔于元和三年或四年，脱稿较早，《新乐府》则虽始撰于元和四年，随后便流传了出去，但直到元和七年仍在改定，《新乐府序》也是作于元和七年；二是因为：《新乐府》受到李绅、元稹的启发，是酬和二人之作，而《秦中吟》则是自己有感而发，"闻见之间，有足悲者，因直歌其事"。

句 解

帝城春欲暮，喧喧车马度，共道牡丹时，相随买花去

京城的春季将要过去，大街小巷来来往往奔驰着喧闹不已的车马。都说是牡丹盛开的时节，呼朋引伴、争先恐后地赶去买花。开头用"帝城"点明地点，用"春欲暮"点明时间。"春欲暮"之时，农村青黄不接，农事又加倍繁忙之际，皇帝及其臣僚所在的长安城中，却忙于"买花"。"喧喧"属于听觉，"车马度"属于视觉，二者将笑语欢呼的情景与车马杂沓的画面同时展现，可谓声态并作。

以上四句写"买花去"的场面，为下面写以高价买花与精心移花作好铺垫。

贵贱无常价，酬值看花数。灼灼百朵红，戋戋五束素

贵贱没有固定的价格，还价要看花朵的数目。鲜艳的红花一百朵，价值二十五匹帛。这是写驱车走马的富贵闲人为买花而挥金如土。"戋戋"，委积貌，形容二十五匹帛堆积起来的庞大体积。"五束素"，即二十五匹帛。

上张幄幕庇，旁织笆篱护。水洒复泥封，移来色如故

在花的上面张起帷幕遮盖，周围还编起篱笆保护。为花枝洒上水，给树根封上泥，移栽过来，颜色依然如故。既然买花能挥金如土，那么移花之珍若珠宝，也就不言而喻了。

家家习为俗，人人迷不悟

家家以弄花为习俗，人人执迷不悟。诗的前面只作客观描绘，直到"人人迷不悟"，才表露作者的倾向性。不过，"迷不悟"的确切含义是什么，仍有待于进一步点明。白居易的有些讽谕诗，往往在结尾抽象地讲道理，发议论。这首诗却避免了这种情况。

有一田舍翁，偶来买花处。低头独长叹，此叹无人谕

有一个种田的老汉，偶然来到买花的地方。看着这一切，不禁低下头深深地叹息。只是这叹息,没有人去领会。在热闹喧哗的买花场景中,诗人不失时机地推出老农低头长叹的特写镜头,以极其鲜明强烈的对比,揭示了当时社会"富贵闲人一束花,十户田家一年粮"的贫富差距。

一丛深色花,十户中人赋

一丛颜色浓艳的牡丹花,花价足抵得十户中等人家所纳的赋税。结尾从田舍翁低头长叹中挖掘出潜台词,使读者恍然大悟:那"田舍翁"正是买花钱的实际负担者!推而广之,买花者的衣食住行,不都来源于从劳动人民身上榨取的赋税吗?这两句尖锐地反映了剥削与被剥削的矛盾,揭露深刻,讽刺辛辣,具有深刻的社会意义。

评 解

与白居易同时的李肇在《唐国史补》里说:"京城贵游,尚牡丹三十余年矣。每春暮,车马若狂,以不耽玩为耻。执金吾铺官围外寺观,种以求利,一本有直(值)数万者。"这首诗通过对"京城贵游"买牡丹花的描写,揭露了社会矛盾的一些本质问题,表现了具有深刻社会意义的主题。诗人的高明之处,在于他从买花场景中发现了一位别人视而不见的"田舍翁",从而触发灵感,完成独创性的艺术构思。敢用自己的诗歌创作谱写人民的心声,这是十分可贵的。

《秦中吟》与《新乐府》不仅体现出共同的讽兴时事的乐府精神,而且在内容上也可相互参照。如这首《秦中吟·买花》就与《新乐府·牡丹芳》主旨相仿,不过前者"一丛深色花,十户中人赋"之句,更显惊警。

《人物四条屏》 近代·陈少梅

上阳白发人

上阳人，上阳人，红颜暗老白发新。
绿衣监使守宫门，一闭上阳多少春。
玄宗末岁初选入，入时十六今六十。
同时采择百余人，零落年深残此身。
忆昔吞悲别亲族，扶入车中不教哭。
皆云入内便承恩，脸似芙蓉胸似玉。
未容君王得见面，已被杨妃遥侧目。
妒令潜配上阳宫，一生遂向空房宿。
秋夜长，夜长无寐天不明。
耿耿残灯背壁影，萧萧暗雨打窗声。
春日迟，日迟独坐天难暮。
宫莺百啭愁厌闻，梁燕双栖老休妒。
莺归燕去长悄然，春往秋来不记年。
唯向深宫望明月，东西四五百回圆。
今日宫中年最老，大家遥赐尚书号。
小头鞋履窄衣裳，青黛点眉眉细长。
外人不见见应笑，天宝末年时世妆。

《红叶题诗仕女图》 明代·陈少梅

上阳人，苦最多。
少亦苦，老亦苦。少苦老苦两如何？
君不见昔时吕向《美人赋》，
又不见今日上阳白发歌！

题 解

  这首诗是白居易《新乐府》五十首中的第七首，是一首著名的政治讽谕诗。《新乐府》题下注云："元和四年为左拾遗时作。"序曰："凡九千二百五十二言，断为五十篇。篇无定句，句无定字，系于意，不系于文。首句标其目，卒章显其志，《诗》三百之义也。其辞质而径，欲见之者易谕也。其言直而切，欲闻之者深诫也。其事核而实，使采之者传信也。其体顺而肆，可以播于乐章歌曲也。总而言之，为君、为臣、为民、为物、为事而作，不为文而作也。"

  封建统治者为了自己的需要，常强选大量民间少女入宫。她们被楚梏在戒备森严的深宫，白白葬送如花似锦的青春人生。诗人对宫人极为同情，元和四年（809）曾有《请拣放后宫内人》的奏章，同年写下这首诗。

  诗的标题下，作者自注云："愍怨旷也。"古时，称成年无夫之女为怨女，成年无妻之男为旷夫。这里"怨旷"并举，实际上写的是被幽禁在宫廷中的可怜女子。小序又云："天宝五载以后，杨贵妃专宠，后宫人无复进幸矣。六宫有美色者，辄置别所，上阳是其一也。贞元中尚存焉。""上阳"，指当时东都洛阳的皇帝行宫上阳宫。唐天子自开元二十四年十月以后，即不再到东都，上阳宫自然冷落下来。

句 解

上阳人，上阳人，红颜暗老白发新

上阳宫人啊，上阳宫人，当年的花容月貌已经暗暗消失；如今已是垂暮之年，白发如银。全诗采用倒叙手法，起笔叙述上阳人老境苍凉的形象，突出了幽闭岁月之长。"暗"字寓意深刻，揭示了宫女的青春被几十年的幽禁生活暗暗夺去。

绿衣监使守宫门，一闭上阳多少春

绿衣的宫监把守着宫门；从被幽闭在这上阳宫里，不知已经过了多少春。这两句以简洁的素描，勾勒了上阳宫的环境。再不见喧闹的车马，也没有轻妙的歌舞，上阳宫已失去往日的繁华。诗人看到的只是死一般的沉寂，简直就像一座监狱。

玄宗末岁初选入，入时十六今六十。同时采择百余人，零落年深残此身

说起来，还是玄宗末年被选进皇宫，进宫的时候刚十六，现在已是六十的老人。一起被选的本来有一百多个，可是，日久年深，凋零净尽，如今剩下的只老身一人。这两句勾勒了老宫女的身世。诗人以无限忧郁、哀叹的调子，弹出了全篇作品的主旋律。"残"字，流露出一种悲苦之情。

忆昔吞悲别亲族，扶入车中不教哭。皆云入内便承恩，脸似芙蓉胸似玉

想当初，吞声忍泪，痛别亲人，被扶进车子里不准哭泣。都说进了皇宫便会承受恩宠，因为自己是那样的如花似玉。自此到以下四句，转入对往事的追忆。

未容君王得见面，已被杨妃遥侧目。妒令潜配上阳宫，一生遂向空房宿

哪晓得进入皇宫，还没容见到君王一面，就被贵妃娘娘远远地冷眼相看。我遭到嫉妒，被偷偷地送进上阳宫，落得一辈子独守空房。为了突出幽闭岁月之长，诗的以下数句，从年月、容貌、时妆等多层次、多角度加以描写。

秋夜长，夜长无寐天不明。耿耿残灯背壁影，萧萧暗雨打窗声

秋夜是那样漫长，夜长无觉，天又不肯亮。一盏残灯，光线昏昏沉沉，照着人的背影，投映在墙壁上；只听到夜雨萧萧，敲打着门窗。这四句以两个精选的具体场景，极写上阳女子一生独守空房的凄怨境况。作者以情景交融的手法，将环境的凄凉、冷落与主人公内心的寂寞、孤苦融合在一起，营造出一种浓郁的悲剧气氛。

"耿耿",微亮。"萧萧",象声词,指雨声。夜间之雨,只闻其声,不见其形,故曰"暗雨"。

春日迟,日迟独坐天难暮。宫莺百啭愁厌闻,梁燕双栖老休妒

春日的白天是那样慢,那样慢啊,独自坐着看天,天又黑得那样晚。宫里的黄莺儿百啭千啼,本该让人感到欣喜,我却满怀愁绪,厌烦去听。梁上的燕子成双成对,同飞同栖,是多么地让人羡慕;但我老了,再也引不起丝毫的嫉妒。这四句以情景映衬人物:春光里自在啼唤的黄莺和绕梁的双飞燕,衬托出宫女被遗弃、不得自由的愁苦寂寞之情。这是十分委婉含蓄而又深刻细致的心理刻画。"休妒"二字,有着深沉的内容,包含了一个辛酸的过程。言下之意是年年妒、月月妒,直至老了才"休妒"。它概括了上阳宫女由希望到失望以至绝望的悲惨一生。

莺归燕去长悄然,春往秋来不记年。唯向深宫望明月,东西四五百回圆

黄莺儿归去了,小燕子飞走了,宫中长年冷清寂寥。就这样送走春天,又迎来秋天,已经记不得有多少年。只知对着深宫,望着天上月,看它东边出来,西边落下;我已经见过四五百回月缺月圆。这几句是写上阳宫女深锁宫中,昏昏度日,以至于进入精神麻木状态。青春在消亡,生命在无声中泯灭。沈德潜《唐诗别裁集》说:"只'惟向深宫望明月,东西四五百回圆'二语,已见宫人之苦。"

今日宫中年最老，大家遥赐尚书号

现如今，在这上阳宫中，就数我最老。皇帝听说后，远远地赐了个"女尚书"的称号。出人意料的是，在淋漓尽致地抒发寂寞苦闷之情后，诗中主人公却以貌似轻松的口吻，对自己发出了嘲笑。以垂暮之年，担着一个所谓"尚书"的虚名，能抵偿一生被幽禁的悲哀吗？这恰恰证明了皇恩的极端虚伪。"大家"，内宫对皇帝的习称。

小头鞋履窄衣裳，青黛点眉眉细长。外人不见见应笑，天宝末年时世妆

我穿的还是小头鞋子、窄窄的衣裳；还是用那青黛画眉，画得又细又长。外边的人们没有看见，看见了一定要笑话，因为这种妆扮，还是天宝末年的时髦样子。

外面已是"时世宽装束"了，描眉也变成短而阔了，而她还是几十年前的打扮。这一"笑"中无疑是饱含着眼泪的。这也许不符合一般生活逻辑，然而却是生活的真实。同是悲哀，不一定都痛哭流涕；同是愤怒，不一定都横眉竖目。这里以貌似轻松的口吻，将悲痛的感情刻画尽致。

上阳人，苦最多。少亦苦，老亦苦。少苦老苦两如何？君不见昔时吕向《美人赋》，又不见今日上阳白发歌

上阳宫里的人哪，苦可以说是最多；少小的时候苦，老大的时候也苦。一生孤苦，除了无可奈何，又能怎样？你没有看到，从前吕向的《美人赋》？又不见今日的《上阳宫人白发歌》？作者自注："天宝末，有密采艳色者，当时号花鸟使。吕向献《美人赋》以讽之。"吕向在开元十年（722）召入翰林，兼集贤院校理。天宝末年，有秘密地为皇帝选择美人的，当时叫作"花鸟使"。吕向献《美人赋》加以讽刺。

诗的尾声部分，用感叹的情调和讽谕的语词，写出诗人的一片恻隐胸怀和"救济人病，裨补时阙"的社会理想，显示出"惟歌生民病，愿得天子知"的良苦用心。

评 解

这是一首别开生面的宫怨诗。全诗共四十四句，二百七十多字。诗中没有一般化地罗列后宫女子的种种遭遇，而是选取一个终生被幽禁的宫女为典型。不写她的青年和中年，而是写她的垂暮之年；不写她的希望，而是写她的绝望。通过这位宫女一生的悲惨遭遇，形象概括地反映了所谓"后宫佳丽三千人"的悲惨命运，揭露了宫廷生活的黑暗、残酷，控诉了封建帝王广选姬嫔、摧残无辜女性的行径。

这首诗语言通俗浅易，具有民歌的风调。它采用"三三七"的句式和顶真、对比等修辞手法，音韵转换灵活，长短句式错落有致。诗中融叙事、抒情、写景、议论于一体，描述生动形象，富有感染力。在唐代以宫女为题材的诗歌中，堪称少有的佳作。

新丰折臂翁

新丰老翁八十八,头鬓眉须皆似雪。
玄孙扶向店前行,左臂凭肩右臂折。
问翁臂折来几年,兼问致折何因缘。
翁云贯属新丰县,生逢圣代无征战。
惯听梨园歌管声,不识旗枪与弓箭。
无何天宝大征兵,户有三丁点一丁。
点得驱将何处去?五月万里云南行。
闻道云南有泸水,椒花落时瘴烟起。
大军徒涉水如汤,未过十人二三死。
村南村北哭声哀,儿别爷娘夫别妻。
皆云前后征蛮者,千万人行无一回。
是时翁年二十四,兵部牒中有名字。
夜深不敢使人知,偷将大石捶折臂。
张弓簸旗俱不堪,从兹始免征云南。
骨碎筋伤非不苦,且图拣退归乡土。
此臂折来六十年,一肢虽废一身全。

《唐风图卷》局部　宋代·马和之

至今风雨阴寒夜，直到天明痛不眠。

痛不眠，终不悔，且喜老身今独在。

不然当时泸水头，身死魂飞骨不收。

应作云南望乡鬼，万人冢上哭呦呦。

老人言，君听取。

君不闻开元宰相宋开府，不赏边功防黩武？

又不闻天宝宰相杨国忠，欲求恩幸立边功？

边功未立生人怨，请问新丰折臂翁！

题解

  这首诗是白居易《新乐府》五十首中的第九首，作于元和四年（809）。当时诗人三十八岁，在京任左拾遗、翰林学士，正是他在政治上直言敢谏、积极进取的时期。这首诗鲜明地体现了诗人关心民生疾苦并敢于揭露时弊的锐气。诗下小序云："戒边功也。"已将意旨揭示得明明白白，毫不含糊。

  诗中所叙，以唐玄宗天宝年间的历史事实为背景。当时，云南少数民族白族所建立的南诏国与唐王朝有封建的藩属关系。天宝九年（750），南诏王阁罗凤因受云南太守张虔陀的迫辱，愤而起兵，杀死张虔陀，反叛唐王朝。次年四月，唐王朝派剑南节度使鲜于仲通率兵八万征讨。阁罗凤曾派人讲和，鲜于仲通不听，结果被阁罗凤大败于泸南，死六万人。天宝十三载（754）六月，以宰相名义兼领剑南节度使的杨国忠派李宓再次率兵七万征讨，结果又是全军覆没，李宓亦被擒。杨国忠隐瞒了兵败的消息，反以捷报上闻，进而大肆搜捕民丁，强令队伍继续发兵攻打南诏。这几次战争前后共死亡近二十万人。

这首诗通过一位老翁亲身经历的自述，反映了广大人民在这几次穷兵黩武的开边战争中所蒙受的巨大苦难；劝诫当朝统治者要从正反两方面吸取教训，体恤百姓的怨苦，慎于开边用兵。"新丰"，故城在今陕西省西安市临潼区境内。

句 解

新丰老翁八十八，头鬓眉须皆似雪。玄孙扶向店前行，左臂凭肩右臂折

新丰有个老翁，今年八十八，头发、鬓发、眉须都白得像雪花。玄孙扶着他向店前走来，你看他把左胳臂搭在玄孙的肩上，那右胳臂已经折断了。

新乐府倡导"首句标其目"（《新乐府序》），这首诗也是这样。开篇四句通过具体的描写，生动地刻画出一个白发老翁的形象。作者的刻画，一是突出他年老，暗示其作为历史见证人的可信性；二是点出他是独臂，这一奇特的残肢形象是全诗立意之本。突出这两点有鲜明的目的性，跟下面描述折臂翁对战争的控诉和谴责是分不开的。写折臂是状其不幸，写年老是表现他以此不幸而换来万幸，得以全身终老。这层意思是全诗要着意发挥的，在开篇对人物的客观描述中即已暗示出来，可见诗人在艺术构思上是有一番匠心的。首句一作"新丰老翁年八十"。据后面诗云"是时翁年二十四"，"是时"指大征兵的那一年，即天宝十三载

（754），到作此诗的元和四年（809），当以"年八十"为是。此言"八十八"，是为了押韵。

问翁臂折来几年，兼问致折何因缘

先问老翁胳臂折断已经有多少年，又问他胳臂折断是由于什么原因。"来"，以来。这里用两句提问承上启下，作为过渡，引出折臂翁的回答，并以他的答话作为全诗的主体。老翁的答话则概述了他一生的遭遇。

翁云贯属新丰县，生逢圣代无征战。惯听梨园歌管声，不识旗枪与弓箭

老翁说：我的籍贯原属新丰县，出生在一个政治清明的时代，本来没有征战；那时经常听到的是梨园子弟们的歌唱演奏声，天下太太平平，根本不知道什么是旗枪和弓箭！诗句以第一人称的口吻叙事，有真切自然之感，增强了叙事内容的可信度。答话是对下文所说的"天宝大征兵"的控诉，而从开元盛世说起，有对比之意。"贯"，指原籍、出生地，亦即现代意义上的籍贯；但那时说一个人的出生地，只说"贯"或"乡贯""里贯"，不说"籍"或"籍贯"。"梨园"，唐玄宗时宫廷中练习音乐的机构。"梨园歌管"，指从宫廷里传出的音乐声。"新丰"，即昭应县的本名，为华清宫所在地。折臂翁是新丰人，为宫旁居民，故云"惯听"。

无何天宝大征兵，户有三丁点一丁。点得驱将何处去？五月万里云南行

可是没过多久，到了天宝年间，朝廷大征兵，一家有三丁要

抽一丁。抽到后,驱赶着他们向哪儿去呢?炎热的五月天里,赶着他们奔赴遥遥万里的云南征程。这几句既指出征兵数额之大,又点明是赴云南征伐南诏。点明地点和时间是很重要的,因为云南边地的山林地区,由于特殊的环境和气候,有致人疫疾的瘴气。这跟老翁答话中要突出被征战士惨死的遭遇有关,所以接下去四句就写战士们不战而死的情景。"无何",没过多久。"驱将",驱赶到。"将"在这里是语助词。

闻道云南有泸水,椒花落时瘴烟起。大军徒涉水如汤,未过十人二三死

据人讲云南有一条河叫泸水,夏天椒花谢落的时候,那里便烟瘴弥漫。大军夏日徒步涉水,水热得就如滚汤,还没等过完,十个人中就已经有两三个死掉了。这四句,作者把传闻中征途的艰难和死伤的凄惨,描写得恍若发生在眼前。以"闻道"二字领起,说明不是老翁的亲历,而是听闻。这符合并未上过前方的折臂翁的身分和语气。"云南",唐代的云南包括今天四川省的南部在内。"泸水",又称泸江水,即今雅砻江下游和金沙江会合雅砻江以后一段。"椒花落时",指夏天。花椒在春夏之交开花,到盛夏开败。"瘴烟",即瘴气,一种能致人生病的毒气。

村南村北哭声哀,儿别爷娘夫别妻。皆云前后征蛮者,千万人行无一回

村南村北,到处是哀伤的哭声,那是儿子在告别爹娘,丈夫在告别妻子。都说呀,前前后后出征云南的人,千千万万个去了,却没有一个回得来!前面先写战士们在边地病死的惨况,这里才写征兵时亲人相别的悲痛，看似颠倒了事件发展的自然顺序，其实是合情合理、顺理成章的。因为天宝年间云南的开边战争非止一次，而且即使是同一次战事，也完全可能是前边病死、战死，后边又不断抓兵补充。更重要的是，诗人在艺术表现上有他的用意：一方面可以给读者造成征战不息、征兵不止的印象，同时前方"未过十人二三死"，正是后方征兵时"村南村北哭声哀"的原因。"无一回"，比前面的叙述有了发展，是总括前后几次战事说的，也是总括病死和战死两方面说的。这里的"皆云"，跟前面的"闻道"相呼应，更真切地传达出折臂翁叙说的语气。"征蛮"，指征讨南诏，古时称少数民族为蛮夷。

是时翁年二十四，兵部牒中有名字

那时候，老汉我二十四岁，在兵部的文书里有我的名字。上面几句是从大处着笔，总写开边征战的惨酷和百姓的悲苦。下面便把笔墨集中到主人公，写折臂翁独特的命运遭遇和思想感情。"牒"，文书，这里指征兵名册。

夜深不敢使人知，偷将大石捶折臂。张弓簸旗俱不堪，从兹始免征云南

趁着深更夜半，不敢让旁人得知，我悄悄地拿一块大石头，捶断了自己的右胳臂。这样一来，拉弓摇旗都不能胜任，从此才避免了应征去云南。这几句中，"偷"字下得非常好，说明这自残行为也是犯法的，一旦官家知道，将以逃避兵役论处。偷偷自残，使人免成望乡之鬼。战争的残酷无情，在此处得以充分显现。"簸旗"，举旗，打旗。

《洞山渡水图》局部　宋代·马远

骨碎筋伤非不苦，且图拣退归乡土。此臂折来六十年，一肢虽废一身全。至今风雨阴寒夜，直到天明痛不眠

骨头碎啦，筋也伤啦，我并不是不痛苦，只是贪图能被挑拣下来，以便留在家乡。这只胳臂折断已经有六十年，一肢虽然残了，可是一身总算保全。到如今，如果遇到风雨阴寒之夜，胳臂还非常痛，痛得我直到天亮也不能睡眠。这六句写老翁折臂以后的结果及感慨：一方面是废一臂而全一身，另一方面是承受一生的疼痛。"拣退"，新兵入伍后经拣选，不合格者退回。

痛不眠，终不悔，且喜老身今独在。不然当时泸水头，身死魂飞骨不收。应作云南望乡鬼，万人冢上哭呦呦

虽然痛得不能入睡，但我始终不后悔，并且还欣喜自己独独能够活到现在。不然，在当时泸水那个地方，还不是要落得个身死魂孤，连尸骨都没人收；只能做一个远在云南的望乡鬼，在那万人坟上哭声呦呦。

顶真修辞法具有"桥梁"的功能。作者就是利用这种手法，把折臂翁臂痛难眠的悲愤情绪推移到命运的比较，深刻地揭示出折臂翁复杂矛盾的思想感情。以长年的痛苦换来免于征战，代价是够高的，也是很不幸的。然而在他看来，比起那些惨死边场的千千万万战士，他又是很幸运的。因此他既沉痛，又不能不为自己庆幸。"喜"字，含义深长。它是在前面一大篇叙述的基础上说出来，表达了一种难于用一般言语表达的至悲至痛，令读者于"喜"中见泪，"喜"中见悲。

作者原注:"云南有万人冢,即鲜于仲通、李宓曾覆军之所也。"天宝年间,由于唐王朝对地方民族关系处理失当,两次出兵南诏,前后死亡近二十万人。战后,阁罗凤派人收拾唐军阵亡将士遗骸,"祭而葬之",名为"大唐天宝战士冢",当地群众称之为"万人冢"。

老人言,君听取。君不闻开元宰相宋开府,不赏边功防黩武

老人的话,请你记取。你没听说吗,开元年间的宰相宋开府,他不奖赏边功,为的是严防穷兵黩武。诗写到上面,原本可以结束,但白居易的新乐府倡导"其辞质而径,欲见之者易谕也;其言直而切,欲闻之者深诫也",并要"卒章显其志"。因此,老翁叙述结束后,诗人又直接出面,鲜明地揭示出全诗的主旨,表明自己的态度。这几句虽属于议论,但能"带情韵以行"(沈德潜《说诗晬语》),与枯燥的"以议论为诗"不同。

"宋开府",指宋璟(663-737),睿宗时曾任宰相,玄宗开元五年(717)至八年再次任宰相,后改授开府仪同三司,时人称为宋开府。他为人刚正不阿,敢于犯颜直谏;为相坚持正道,刑赏无私,致力于选贤授能,使官吏各称其职。史称"唐世贤相,前称房(玄龄)杜(如晦),后称姚(崇)宋(璟),他人莫得比焉"(《资治通鉴》卷二一一)。此句作者原注:"开元初,突厥数寇边,时天武军牙将郝灵荃出使,因引铁勒回鹘部落,斩突厥默啜,献首于阙下,自谓有不世之功。时宋璟为相,以天子少年好武,恐邀功者生心,痛抑其赏。逾年,始授郎将。灵荃遂恸哭呕血而死也。""黩武",滥用武力,这里指轻率地发动战争。

> 又不闻天宝宰相杨国忠，欲求恩幸立边功。边功未立生人怨，请问新丰折臂翁

你又没听说吗，天宝年间有个宰相叫杨国忠，他为得到皇上的恩宠赏赐，竟鼓励去立边功。可是，边功还没有建立，已经引起了人民的怨恨。你若不信，就请问问新丰折臂翁。

作者原注："天宝末，杨国忠为相，重结阁罗凤之役，募人讨之，前后发二十余万众，去无返者。又捉人连枷赴役，天下怨哭，人不聊生，故（安）禄山得乘人心而盗天下。元和初，折臂翁犹存，因备歌之。"

这部分值得我们注意的是，诗人以"君不闻""又不闻"领起，将开元和天宝两个时期对举，将宋开府和杨国忠对举，与前面折臂翁所说的"生逢圣代无征战"相呼应；在比照中毫不隐讳、毫不含糊地表明自己提倡什么、反对什么、歌颂什么、谴责什么。最后归结到题目上，提醒统治者切勿"边功未立生人怨"。诗人的是非观念、爱憎感情，在这里表现得十分鲜明强烈。陈寅恪《元白诗笺证稿》第五章对这首诗的结语十分赞赏，说："其气势若常山之蛇，首尾回环救应，则非他篇所可及也。"

评解

白居易在《寄唐生》诗中说："非求宫律高，不务文字奇，惟歌生民病，愿得天子知。"这首诗正是通过新丰折臂翁的经历，表达反对穷兵黩武的主题，目的也是为生民请命。清代施补华《岘佣说诗》评价此诗说："长于讽谕，颇得风人之旨。"

这首诗的题材独特,很有看点。尽管自我折臂之人十分罕见,但新丰折臂翁这一形象具有很强的典型意义。诗人揭露天宝时期几次开边战争带给人民的深重苦难,没有从正面直接描写战争的惨酷,没有铺陈和渲染沙场上白骨横陈的景象;而是以折臂翁的叙说和独白,作为艺术结构的基点,刻画其心理;同时通过应征者及其亲属的悲痛,尤其是通过逃征者的幸免于难,间接地表现不义战争给人民造成的巨大灾难。

这首诗诗意显豁明白,语言晓畅浅易。通篇既没有罕见的典故,也没有生僻艰涩的词语,显示了白居易《新乐府》创作的总体特色:通俗性和明朗性。但它在艺术表现手法上又有独特之处,即诗人提炼和表现生活的角度选择得好,能于直中见曲。通过所写生活局部,启发读者去想象、思索那些没有写出却又着意表现的内容。对折臂翁,诗人明明是哀其不幸,却偏从他侥幸全身的一面突出他的"不悔"和"且喜"。折臂是痛苦的,以折臂来逃避征兵也是十分可悲的,诗人却把可悲之事当作可喜之事来叙写。而读者正从这反常的含泪之"喜"中,更强烈地感受到主人公内心巨大的悲痛。再进一步,还能从生者发出的怨苦之音中,体会到那些无言的战死者更大的不幸和冤愤。在艺术表现上,直和曲是对立的;但在这首诗中却相反相成,互为补充,构成一个和谐的艺术整体,即直中有曲,直中见曲。直则畅,"意激而言质",它对社会问题的揭露是鲜明的、尖锐的。曲则深,言近而旨远,它所概括的生活内涵又是丰富的,读后发人深思。正如刘熙载《艺概》所云"香山用常得奇,此境良非易到",袁枚《续诗品》所谓"意深词浅,思苦言甘"。

卖炭翁

卖炭翁,伐薪烧炭南山中。

满面尘灰烟火色,两鬓苍苍十指黑。

卖炭得钱何所营?身上衣裳口中食。

可怜身上衣正单,心忧炭贱愿天寒。

夜来城外一尺雪,晓驾炭车辗冰辙。

牛困人饥日已高,市南门外泥中歇。

翩翩两骑来是谁?黄衣使者白衫儿。

手把文书口称敕,回车叱牛牵向北。

一车炭,千余斤,宫使驱将惜不得。

半匹红纱一丈绫,系向牛头充炭直。

题 解

  这首诗是白居易《新乐府》五十首中的第三十二首,作于元和四年(809)。题下自注"苦宫市也",说明了诗的主旨:一是指百姓苦于宫市的巧取豪夺;二是指宦官的恶行,败坏了宫市之名,

《南山图轴》局部 清代·王时敏

毁了皇家的声誉。既为民生叫屈，又为皇上担忧。"宫"指皇宫，"市"是买的意思。自唐德宗贞元（785—805）末年起，宫中日用所需，不再经官府承办，由太监直接向民间"采购"，谓之"宫市"，又称"白望"（言使人于市中左右望，白取其物）。太监常率爪牙在长安东市、西市和热闹街坊，以低价强购货物，甚至不给分文，还勒索进奉的"门户钱"及"脚价钱"，百姓深受其害。韩愈《顺宗实录》一语道破："名为宫市，其实夺之。"

句 解

卖炭翁，伐薪烧炭南山中

一个卖炭的老翁，在终南山里一年到头地砍柴，烧炭。开篇直接交代人物，介绍卖炭翁在终南山里一年到头的伐薪烧炭的生活，将复杂的工序和漫长的劳动过程一笔概括。"南山"，即终南山，秦岭山脉的主峰之一，在今陕西西安南五十里处。

满面尘灰烟火色，两鬓苍苍十指黑

他满脸灰尘，完全是烟熏火燎的颜色；两鬓花白，十个指头就如乌炭一样黑。诗人用简练的笔触勾勒出人物外貌，抓住三个部位（脸、鬓、手）、三种颜色（脸是焦黄色，鬓发是灰白，十指是乌黑），形象地描绘出卖炭翁的生存状态：一是劳动的艰辛，一是年岁已老。后一句中，"苍苍"与"黑"形成鲜明对照。

卖炭得钱何所营？身上衣裳口中食

卖了炭得到一点钱，拿来做什么用呢？只不过是为了身上的衣裳和口中的饭食。卖炭翁年老体衰，却仍不得不在深山从事繁重的体力劳动，究竟是为什么？这两句作了回答。这一问一答，让文章不显呆板，文势跌宕起伏。其贫困悲惨的境遇已经说明了生活的不幸，然而不幸还不止这些。因此，这又为下文作了铺垫。

可怜身上衣正单，心忧炭贱愿天寒

可怜他身上的衣服破旧又单薄，但他却担心炭价太低，只盼望天气更加寒冷。"衣正单"，本该希望天暖，然而却"愿天寒"，只因为他把解决衣食问题的全部希望都寄托在"卖炭得钱"上。这两句写出了主人公艰难的处境和复杂矛盾的内心活动。"可怜"二字，倾注着诗人深深的同情，不平之感，自在不言之中。

夜来城外一尺雪，晓驾炭车辗冰辙

昨天夜里，长安城外下了一尺多深的雪。一大清早，他就装好木炭，套上牛车，辗着冰雪，赶往京师集市。作者没有交代老翁路上的情况，但可以想象，行进在冰天雪地中该是何等艰难。人虽然冻馁疲累，好歹总还满怀希望，因为毕竟天遂人愿，那些炭应该能卖个好价钱。这里文字虽简略，但比一一铺叙更富有感染力。

牛困人饥日已高，市南门外泥中歇

牛已十分疲倦，人也很饿了，日头已出来很高。这时他才到达市场南门外，在泥泞中歇下脚来。"牛困人饥"互文：牛困，人何

尝不困？人饥，牛自然也饥。作者不写雪地赶车行走的整个过程，只用七个字，就把路远、车重、雪厚、人苦全部托出。至此，作者笔墨暂时收住，木炭能不能卖出，是老翁悬心的事，也是读者迫切想知道的结果。"市"，指长安的买卖集市，即东、西市。

翩翩两骑来是谁？黄衣使者白衫儿

有两人骑马扬鞭，翩翩而来，那是谁呀？是皇宫里派出来的采办，穿黄绸衣裳的是头儿，着白绸衫的是随从。行文至此，作者笔锋一转，将画面切换，由远及近，通过一问一答，勾勒出另一组人物形象。"翩翩"，轻快的样子，笔调有些黑色幽默。"黄衣""白衫儿"，都是太监的服装。唐代宦官品级较低的穿黄衣，无品级的着白衫。所谓"使者"，这里指皇宫中派出来的采办。

手把文书口称敕，回车叱牛牵向北

他们走到卖炭翁前，手持文书凭证，装模作样，自称是奉旨办货。说着，就让车子掉转方向，吆喝着牛，往北边皇宫方向赶去。"把""称""叱""牵"，几个简洁而有力的动词，出色地描绘出宫使如狼似虎般的蛮横。"文书"，是行政机构间互相往来的平行公文。按理，小太监手里是不会有这种公文的，更不用说是"敕"，也就是皇帝的文书了。这里有讽刺之意，将宫使狐假虎威、巧取豪夺的情形活灵活现地表现了出来。

一车炭，千余斤，宫使驱将惜不得

那一车木炭，足足有一千多斤重啊，就这样眼睁睁地被宫使拉走。老翁虽然捶胸顿足，万般不舍，却也无可奈何。烧成这一车千余斤的木炭，不知要砍多少木柴，翻越多少山头，忍受多少个日夜的烟熏火燎。老翁全要靠它卖钱度日活命，却这样被宫使拦抢而去。受压榨欺凌者难言的悲愤、辛酸，尽在点睛之笔的"惜不得"三字中。

半匹红绡一丈绫，系向牛头充炭直

结果他们只给了半匹红纱和一丈白绫，把它搭在牛角上边，说是用来充抵炭钱。"充"，抵偿。"炭直"，炭价。古代一匹有四丈或五丈长。系上牛头的纱和绫，合在一起最多不过三丈余。这样的价值反差，对满怀希望、赖以活命的卖炭翁来说，是最大的嘲弄、最残酷的伤害。宫使强夺去的不仅仅是千余斤木炭，更是他生活的希望和权利。

和《新乐府》的其他诗作不同，《卖炭翁》的结句没有"卒章显其志"，没有直接发表议论，而是在矛盾冲突的高潮中戛然而止。卖炭翁以后的日子怎么过，社会上又有多少和他有着类似遭遇的人？这样的结尾言有尽而意无穷，给读者留下了一大堆问题，让人们去思考。

评 解

这是一首讽谕诗。作者以个别表现一般，目的是要揭露宫市的弊端带给劳动人民的不幸，同时也表现了对下层劳动人民的深切同情,希望得到皇帝的注意。

这也是一首叙事诗,作者仅用二十句一百三十五字,便完整地记述了一位卖炭老人烧炭、运炭和卖炭未成、被宫使掠夺的全部经过,层次清楚,脉络分明。在内容上,可分为三段。第一段由开头至"心忧"句,交代卖炭翁生活的艰辛和愿望。第二段,自"夜来"句至"市南"句,描述他进城卖炭。第三段,自"翩翩"句至结尾,写炭被掠夺。全诗有叙述,有描写,有细节,有对比。笔法简洁,语言精练,在概括、剪裁和渲染等方面,处处显出诗人的匠心。尤其是结尾处,不着一字,尽得风流,正如《唐宋诗醇》卷二十所说:"直书其事,而其意自见,更不用着一断语。"

《仿黄鹤山人山水轴》局部　清代·王翚

望驿台

靖安宅里当窗柳,

望驿台前扑地花。

两处春光同日尽,

居人思客客思家。

题解

这是白居易应和好朋友元稹的诗。二人在贞元十九年(803)同登制科,俱授秘书省校书郎,始相识并订交,"谊同金石,爱等弟兄"。

元和四年(809)三月七日,元稹以监察御史身份出使东川按狱,往来鞍马间,写下一组总题为《使东川》的绝句。稍后,正在长安任左拾遗和翰林学士的白居易写了总题为《酬和元九东川路诗十二首》的和诗,并题词说:"十二篇皆因新境追忆旧事,不能一一曲叙,但随而和之,惟予与元知之耳。"《望驿台》是其中的第十一首。原诗题下注"三月三十日"。

元稹《望驿台》云:"可怜三月三旬足,怅望江边望驿台。料得孟光今日语,不曾春尽不归来!""孟光",指诗人的妻子韦丛。这是元稹在三月的最后一天,为思念妻子而作。结句"不曾春尽不归来",是诗人的悬揣之辞。料想妻子以春尽为期,待他重聚,而现在竟无法实现,怅惘之情,宛然在目。

"望驿台",唐嘉陵县曾有望喜驿,在今四川广元。

句解

靖安宅里当窗柳,望驿台前扑地花

靖安宅里,天天面对着窗前碧柳,凝眸念远;望驿台前,春意阑珊,花儿纷纷飘落地面。首句点出地点和时间。元稹宅在长安靖安里,他的夫人韦丛此时就住在那里,写其宅自见其人。"当窗柳"意即怀人。唐人风俗,折柳以赠行人,因柳而思游子。大概是取柳丝柔长不断,以寓彼此情愫不绝之意。次句镜头一换,转到四川的望驿台,那里元稹一人独处驿邸,见落花而念如花之妻。这一句巧用比喻,富于联想,也饶有诗情。

两处春光同日尽,居人思客客思家

两处美好的春光,在同一天消尽;此时,家中人思念着宦游在外的人,宦游人同样也思念着家中的人。"尽"字如利刀割水,效果强烈,含有春光已尽、人在天涯的感伤情绪。"春光",不单指春天,而兼有美好的时光、美好的希望的意思。春光同日尽,是说预期的欢聚落空了，自然导出"居人思客客思家"。本来，思念决不限此一日，但这一日既是春尽日，这种思念之情便更加重了。一种相思，两处离愁，感情的暗线，把千里之外的两颗心紧紧联系了起来。

评 解

白居易的和诗与原作一样，采用平起仄收式，但又与原诗不同，下笔便用对句，且对仗工稳。不仅具有形式整饬之美，而且加强了表达力量。因为在内容上，这两句是赅举双方，用了对句，则见双方感情同等深挚，相思同样缠绵；形式与内容和谐一致，相得益彰。又由于对起散收，章法于严谨中有变化，也就增加了诗的声情之美。

诗的中心是一个"思"字。全诗紧扣"思"字，层层展开。首句"当窗柳"，传出闺中绮思；次用"扑地花"，写出驿旅苦思。这两句都通过形象以传情，不言思而思字灼然可见。三句推进一层，写出了三月三十日这个特定时日，由希望转入失望的刻骨相思。但仍不直遂，只以"春光尽"三字出之，颇富含蓄之妙。四句更推进一层，含蓄变成了爆发，直点"思"字，而且叠用两个思字，将前三句都绾合起来，点明诗旨，收束得很有力量。

《山水》局部　宋代·宋克明

宿紫阁山北村

晨游紫阁峰,暮宿山下村。
村老见余喜,为余开一尊。
举杯未及饮,暴卒来入门。
紫衣挟刀斧,草草十余人。
夺我席上酒,掣我盘中飧。
主人退后立,敛手反如宾。
中庭有奇树,种来三十春。
主人惜不得,持斧断其根。
口称采造家,身属神策军。
主人慎勿语,中尉正承恩。

题解

这首诗,就是作者在《与元九书》中所说的使"握军要者切齿"的那一篇,写于元和五年(810)。白居易时年三十九岁,正在长安任左拾遗、翰林学士。"紫阁山",在长安西南百余里,今陕西户县东南三十里,是终南山的一个著名山峰。《陕西通志》卷九引《雍胜略》介绍紫阁说:"旭日射之,烂然而紫,其峰上耸,若楼阁然。白阁阴森,积雪弗融。"

句 解

晨游紫阁峰,暮宿山下村。村老见余喜,为余开一尊
　　早晨,兴致勃勃地去游览美丽的紫阁峰;傍晚时分,悠然自得下山,投宿在山下的村中。村农见了我非常高兴,摆出酒食,表示欢迎。从全诗看,写的是兵卒强抢民家之事,诗人却偏从良辰美景入笔。首先点明事件发生的时间、地点和人物(后来的抢劫对象)。游山赏景,又遇热情款待,都是赏心乐事,诗人喜悦的心情,是不言而喻的。这为下面关于暴卒的描写起了有力的反衬作用,可谓颇具匠心。"尊",酒器。

举杯未及饮,暴卒来入门。紫衣挟刀斧,草草十余人
　　举起酒杯还没有送到嘴边,横暴的兵士就已冲进大门;他们身穿紫衣,手拿刀斧,气势汹汹,乌七八糟,有十多个人。这些不速之客的身分和意图,虽然还不甚了然,但诗人通过几个带有明显贬义的词语,就刻画出他们的凶横嘴脸和嚣张气焰。"紫衣",这里指粗紫布的神策军军服。"草草",乱糟糟的样子。

夺我席上酒,掣我盘中飧。主人退后立,敛手反如宾
　　他们不由分说,抢过酒杯,径自而饮;又将盘中的饭菜抢掠一空。主人退到后面站立，束手缩脚，倒好像是客人。这里，"村老"内心的畏惧，与前面"见余喜"的情景，一喜一惧，对照鲜明。"夺"和"掣"两个词，都是硬抢的意思。诗人用这两个词作"诗眼"，当中省略了一些描绘。"我"毕竟是个官，敢于和暴卒争辩理论，但还是败下阵来。这就促使读者思考，他们如此目中无人、横暴无比，究竟凭的是什么？这为结尾的点睛之笔留下了伏线。"飧"，本指乡人相聚宴饮，这里指酒宴上的食品。"敛手"，拱手，双手交叉拱于胸前，以示恭谨敬畏。

中庭有奇树，种来三十春。主人惜不得，持斧断其根

院中有一棵珍贵的大树，已经生长了三十个年头。主人哪有保护的力量，只能任凭暴徒拿斧头砍断树根。从这几句来看，上面抢夺酒食的场景只是一个序曲。暴卒要砍树，主人已表现出与刚才不同的态度。他挺身而出，要"惜"，要保护。然而，结果仍然是同样的无奈。诗人并没有正面描写主人之争，但从下文暴卒的回答和诗人的劝说中，读者自能领悟出这争论的内容。

口称采造家，身属神策军。主人慎勿语，中尉正承恩

那些暴卒自称负有采伐木料的使命，本是堂而皇之的神策军人。主人啊，你千万不要开口，神策军的头领正承受皇恩，炙手可热！"口称"两句，是暴卒说的话，点明擅入民宅、抢劫民财，有恃无恐的原因。"主人"两句，是诗人所说。虽未写主人的争论、激愤，但已尽在其中。"慎勿语"，言下之意是：得罪了他们，不

知还会有多少祸患。连身为左拾遗的诗人都要这样劝告主人，正承皇恩的"中尉"及部属，其飞扬跋扈之势，已不言自明。

"采造"，是指专营采伐、建筑的官府。"采造家"，就是这个官府的派出人员。《册府元龟》载："唐文宗太和元年（827）五月癸酉，左神策军奏当军请铸'南山采造印'一面。"可见，南山采造是左神策军的直属机构。所谓"神策军"，在天宝时期，本来是西部的地方军；后因"扈驾有功"，变成了皇帝的禁卫军。从唐德宗贞元年间开始，特设左、右神策军护军中尉，由宦官担任。他们以皇帝的家奴掌握禁卫军，势焰熏天，把持朝政，打击正直的官吏，纵容部下酷虐百姓。元和初年，宪宗宠信宦官吐突承璀，让他做左神策军护军中尉，接着又派他兼任"诸军行营招讨处置使"（各路军统帅）。白居易曾上书谏阻让宦官当大元帅。

这首诗中的"中尉"，即神策军的统帅，就包括吐突承璀。元和时期，经常调用神策军修筑宫殿。吐突承璀于元和四年领功德使，修建安国寺，为宪宗树立功德碑，因此出现了"身属神策军"而兼充"采造家"的暴卒。做一个神策军人，已经够骄横的了，又兼充"采造家"，自然就更加为所欲为，不可一世。

评 解

白居易不愧为大家，只用一百个字，就充分展示了一个具有丰富政治内容的历史画面。一百个字，字字浅显，而句句含蕴深意，正是前人所谓"炼意"的典范。全诗谋篇布局，颇具匠心，前后映衬,层层深入。前四句蕴含的自然美与人情美,和后十六句所揭示的丑剧,形成强烈的对比,极尽以乐景写哀痛之能事。写受害者的情态,由喜而惧,由惧而争,由争而恨,层次分明,耐人寻味。讥刺入宅抢掠者,始为来历不明的"暴卒";进而亮出他们的招牌"采造家""神策军";再捅出他们的后台"中尉";后以"承恩"二字暗示,指向"中尉"的后台,即当今皇上。

《琵琶行图》局部　明代·郭诩

琵琶行

浔阳江头夜送客，枫叶荻花秋瑟瑟。
主人下马客在船，举酒欲饮无管弦。
醉不成欢惨将别，别时茫茫江浸月。
忽闻水上琵琶声，主人忘归客不发。
寻声暗问弹者谁？琵琶声停欲语迟。
移船相近邀相见，添酒回灯重开宴。
千呼万唤始出来，犹抱琵琶半遮面。
转轴拨弦三两声，未成曲调先有情。
弦弦掩抑声声思，似诉平生不得意。
低眉信手续续弹，说尽心中无限事。
轻拢慢捻抹复挑，初为霓裳后六幺。
大弦嘈嘈如急雨，小弦切切如私语。
嘈嘈切切错杂弹，大珠小珠落玉盘。
间关莺语花底滑，幽咽泉流冰下难。
冰泉冷涩弦凝绝，凝绝不通声暂歇。
别有幽愁暗恨生，此时无声胜有声。

银瓶乍破水浆迸，铁骑突出刀枪鸣。
曲终收拨当心画，四弦一声如裂帛。
东船西舫悄无言，唯见江心秋月白。
沉吟放拨插弦中，整顿衣裳起敛容。
自言本是京城女，家在虾蟆陵下住。
十三学得琵琶成，名属教坊第一部。
曲罢曾教善才伏，妆成每被秋娘妒。
五陵年少争缠头，一曲红绡不知数。
钿头云篦击节碎，血色罗裙翻酒污。
今年欢笑复明年，秋月春风等闲度。
弟走从军阿姨死，暮去朝来颜色故。
门前冷落鞍马稀，老大嫁作商人妇。
商人重利轻别离，前月浮梁买茶去。
去来江口守空船，绕船月明江水寒。
夜深忽梦少年事，梦啼妆泪红阑干。
我闻琵琶已叹息，又闻此语重唧唧。
同是天涯沦落人，相逢何必曾相识。
我从去年辞帝京，谪居卧病浔阳城。
浔阳地僻无音乐，终岁不闻丝竹声。
住近湓江地低湿，黄芦苦竹绕宅生。

其间旦暮闻何物？杜鹃啼血猿哀鸣。
春江花朝秋月夜，往往取酒还独倾。
岂无山歌与村笛？呕哑嘲哳难为听。
今夜闻君琵琶语，如听仙乐耳暂明。
莫辞更坐弹一曲，为君翻作琵琶行。
感我此言良久立，却坐促弦弦转急。
凄凄不似向前声，满座重闻皆掩泣。
座中泣下谁最多，江州司马青衫湿。

题 解

  这首诗作于唐宪宗元和十一年（816）深秋。白居易时年四十五岁，在江州任司马。州司马是州刺史的佐官，掌管军事，但白居易此时是有虚职而无实权。白居易无辜遭贬江州司马后，开始还恬然自安，与三五知己登山游水。一个偶然的机会，在浔阳江头，他遇到一位来自京都、漂泊江湖的琵琶女，往还之际，顿生强烈的天涯沦落之感。这首长篇叙事诗，正是有感而发。正如《唐宋诗醇》所说："满腔迁谪之感，借商妇以发之，有同病相怜之意焉。比兴相纬，寄托遥深，其意微以显，其情哀以思，其辞丽以则。"

读这首叙事诗，不能忽略序言。序言不仅交代了时间、背景和写作原因，而且巧妙地点明了全诗的主旨，为我们准确把握全诗的思想内容起到了提示作用。序云："元和十年，予左迁九江郡司马。明年秋，送客湓浦口，闻舟中夜弹琵琶者。听其音，铮铮然有京都声。问其人，本长安倡女，尝学琵琶于穆、曹二善才，年长色衰，委身为贾人妇。遂命酒，使快弹数曲。曲罢悯然。自叙少小时欢乐事，今漂沦憔悴，转徙于江湖间。予出官二年，恬然自安，感斯人言，是夕始觉有迁谪意。因为长句，歌以赠之，凡六百一十二言，命曰《琵琶行》。"实际上，这首长诗共六百一十六个字，"二"当为"六"字的传刻之误，《文苑英华》中即作"六"。

　　诗题又作《琵琶引》。琵琶，弹拨乐器，原流行于波斯、阿拉伯等地，汉代传入中国。发展到隋唐，已成为非常流行的乐器，上至宫廷乐队，下至民间演唱，都常有它。作为文化范畴内的琵琶，从它问世之日起，就往往与伤悲事件相联。"行"和"引"，都是古乐府的诗体，与"歌"体相近，故常称歌行体。

句 解

浔阳江头夜送客，枫叶荻花秋瑟瑟

　　夜晚在浔阳江头送客人，秋风吹着枫叶和荻花，传来瑟瑟之声。开篇首句，只寥寥七字，就把人物（主人和客人）、地点（浔阳江头）、时间（夜）、事件（送客）全部概括其中，言简而意明。后一句作秋夜送客的环境烘染和渲染，使诗一开头就带着凄冷苍茫的意味。"黯然销魂者，唯别而已矣"，在这里，秋夜送客的萧瑟落寞之感，从景中委婉传出。"浔阳江"，是长江流经江西九江的一段。"荻花"，多年生草本植物，生长在水边，根茎都有节似竹，叶抱茎生，秋天生紫色或白色、草黄色花穗。"瑟瑟"，犹言飒飒、索索，草木被秋风吹动发出的声音。

主人下马客在船，举酒欲饮无管弦

主人下了马，走进客人的船中；举起酒杯想痛痛快快地饯别，却没有音乐助兴。枫叶荻花，秋风瑟瑟，景是凄凉景；送客至江船，举杯冷落，情是寂寞情。"无管弦"三字，既与后面的"终岁不闻丝竹声"遥相呼应，又为琵琶女的出场作铺垫。"管弦"，指管乐器与弦乐器，这里泛指音乐。

醉不成欢惨将别，别时茫茫江浸月

闷闷地喝醉了，凄凄惨惨地将要分别；要分别的时候，茫茫的江面上，映着一轮明月。前句已将黯然低沉的情绪作了铺垫，后句进一步渲染环境，使心情显得更加沉郁感伤。全诗三次写到江月，各有妙用。这是第一次。"江浸月"，是说月影倒映在江中，就好像月亮浸在水中一般。

忽闻水上琵琶声，主人忘归客不发

忽然听到江面上传来琵琶弹奏的声音；听着听着，主人忘记了回去，客人也不肯开船启程。"忽闻"，传达诗人正思音乐而音乐即来的惊喜。送者忘归，行者不发，暗示音乐的美妙动人。在茫茫江月的背景烘托下，有空谷足音之感。

寻声暗问弹者谁？琵琶声停欲语迟

依循着声音寻找，低声询问，弹奏者是谁？琵琶声停了下来，那人想要回答，却又迟疑不决。从"忽闻""忘归""不发"到"暗问"，均着力刻画人物心态，亦为说明音乐的感染力。"欲语迟"，是说犹疑之中暗含心事。

移船相近邀相见，添酒回灯重开宴

将船只移过去，慢慢靠近，邀请那人出来相见。大家添了酒，把灯拨亮，重新设宴。诗人写琵琶女的出场，是因闻声而动情，因动情而寻人。琵琶声的不同凡响，衬托出弹奏者的不同寻常，故听者赏慕，颇有知音相遇之感。"回灯"，添油拨芯，使灯光回亮。

千呼万唤始出来，犹抱琵琶半遮面

经过再三邀请呼唤，她才勉强走出来；出来时，还抱着琵琶，半遮着脸儿。一方面是急急以求，一方面是默默以待；一方面是频频呼唤，一方面是迟迟而出。这种强烈的对比，鲜明地表现了双方的心情和个性。诗人抓住这一点，逼真地描绘了琵琶女的出场之态。尽管用语平实，但欲露还藏的情态，已经入木三分。"千呼万唤始出来"，并非孤傲忤慢，而是因为自有志趣，不露才扬己；更是由于有一肚子天涯沦落的难言之恨，不便说明，也不愿见人。这种拘谨、腼腆而又稳重的样子，也恰恰是萍水相逢时一个女子应有的情态。"犹抱琵琶半掩面"与上文的"琵琶声停语欲迟",皆曲折细腻揭示了琵琶女复杂的内心活动。

琵琶女的出场,让人产生期待,全诗由此转入正题。

转轴拨弦三两声,未成曲调先有情

她转好弦轴,拨动琴弦,顺手试着弹了三两声;虽然还没弹出曲调,却已流露出情感。前句写校弦试音。后句以乐音传达人的思想感情,扣开听者的心扉,让人神往。"情"字是诗眼,有传神之妙。"转轴拨弦",是弹琵琶之前校正音阶、调正丝弦的准备动作。

弦弦掩抑声声思,似诉平生不得意

每一弦都是那样低沉压抑,每一声都充满愁思,似乎在倾诉一生的不得意。这两句进一步借音乐写人,在抑郁之情中点出身世之悲。"不得意",一作"不得志",给"情"定了一个基调。"掩抑",以手压弦而弹,弹出的音调低沉压抑,是幽咽悲伤的情调。

低眉信手续续弹,说尽心中无限事

她低着眉、随着手继续弹奏下去,仿佛要一吐为快,说尽自己无限心事。以上三联,都是上句写琵琶女弹奏乐曲的情景,下句借听者的感受揭示她的内心活动。

轻拢慢捻抹复挑,初为霓裳后六幺

她的手指在弦上一会儿轻轻叩动,一会儿慢慢揉动,一会儿顺手下拨,一会儿反手回拨。起先弹的是《霓裳羽衣曲》,后来又弹《绿腰曲》。这两句是写琵琶女娴熟的技艺。"拢",用指叩弦;"捻",用指揉弦。这两种是用左手按弦的指法。"抹",顺手下拨;"挑",反手回拨。这两种是用右手弹弦的指法。"霓裳",即《霓裳羽衣曲》。据说是开元时从印度传入,原名《婆罗门》,经唐明皇润色并改此名。白居易《霓裳羽衣歌》有较详细的描写。"六么",是当时有名的歌舞大曲,也作"绿腰"或"乐世"。原名"录要",以乐工进曲录其要点而得名,属软舞类。由女子独舞,舞姿轻盈柔美,乐曲节奏由慢到快。

大弦嘈嘈如急雨,小弦切切如私语

大弦弹出的声音深沉悠长,像阵阵疾雨;小弦弹出的声音轻细柔慢,就好像人在窃窃私语。自此至以下十四句,借助语言摹写音乐的时候,都运用了各种生动的比喻以加强形象性。这两句是说弹奏琵琶音响之精微。用"嘈嘈""切切"这两叠字词摹声,又用"急雨""私语",使它形象化。琵琶有四弦或五弦。"大弦",指其中最粗的弦;"小弦",指其中最细的弦。

嘈嘈切切错杂弹,大珠小珠落玉盘

大弦嘈嘈,小弦切切,交错杂弹,就像大珠小珠泻落在玉盘。前一句已经再现了"如急雨""如私语"两种旋律的交错出现,这里再用后一句一比,视觉形象与听觉形象就同时显露出来,令人眼花缭乱,耳不暇闻。双声和重音叠韵词的运用,更加强了悦耳的听感和韵律的节奏。

间关莺语花底滑，幽咽泉流冰下难

有时弦声轻快悠扬，就像宛转悦耳的黄莺在花下啼鸣；有时弦声艰涩低沉，好像呜咽的泉水在冰下面流转。"间关"，形容莺声宛转。"幽咽"，指悲抑哽塞。这里，诗人将琵琶声同时诉诸听觉与视觉，分别表现出轻快与冷涩的不同感受。

冰泉冷涩弦凝绝，凝绝不通声渐歇

冰下的流泉，渐渐地冻结了；那弦也像被冻住了，快要断绝；就这样，弦声越来越弱，暂时停歇下来。诗人以丰富多彩、精妙新巧的比喻，将变化多端的音乐描绘得出神入化，惟妙惟肖。作者的才华不仅表现在再现音乐之美上，更重要的是，通过音乐形象的千变万化，展现出琵琶女起伏回荡的心潮，为下面诉说身世作了铺垫。

别有幽愁暗恨生，此时无声胜有声

琵琶声音暂停的时候，只觉得另有一种深藏的愁绪和恨意产生。此时，虽然静默无声，却更胜过那有声之境。"有声"之时，听者的思想感情随着曲调奔腾跳跃，无暇细味。而"无声"之时，给人以时间去整理思绪，体味曲中之情；同时将听者引向未来，因为不知道下面又会怎样。

银瓶乍破水浆迸，铁骑突出刀枪鸣

低沉徘徊、近似停顿之后，猛然爆发出一阵强音，就像银瓶突然迸裂，里面的水浆喷溅而出；又像铁骑冲出、刀枪撞击一样，是那样雄壮铿锵，激越昂扬。当听者置身"无声"之境时，满以为就要结束了。谁知"幽愁暗恨"在"声渐歇"的过程中，已积聚了无穷的力量，不可压抑，终于在这里爆发出来。于是，全曲推向高潮。

曲终收拨当心画，四弦一声如裂帛

最后，一曲终了，她收取拨子，在几根弦的中心奋力一划；琵琶就像撕裂的布帛一样，发出脆厉的一声。至此，全曲戛然而止，但回肠荡气、惊心动魄的音乐魅力，仍余音绕梁，久久难息。"拨"，即拨子，弹奏弦乐器时用的工具。"当心画"，是一种演奏手法，即用拨子在琵琶的中部横划，行话叫作"扫"。"画"，同"划"。"裂帛"，指绷紧的丝绢突然断裂，这里是形容"当心画"时声音的强烈冲击感。

东船西舫悄无言，唯见江心秋月白

这时，四周的船只都静悄悄的，没有一点声音，只看见江心倒映着一轮皎洁的秋月。一声裂帛般的音响之后，一切又归于静寂。一直沉浸在音乐中的听众，如梦初醒。这里，诗人从侧面写出琵琶声的妙绝入神。置身斯时斯境，同怀天涯沦落之感的作者与弹者心境如何，让人不由揣想。而由刹那间宁静所构成的音响空白，无言更胜有言，给读者留下了涵咏回味的广阔空间。诗人在这里第二次描写到月亮，静谧的意象与诗意再次呼应，烘托出凄美的情境。"舫"，小船。

沉吟放拨插弦中，整顿衣裳起敛容

她若有所思，将拨子插在弦缝间；然后整顿衣裳，神态凝重端庄地站了起来。这里,略去了关于身世的询问,而用两个描写肖像的句子向下文的"自言"过渡。"沉吟"的神态,大概就是从听者的询问引发。但是,叫人从何说起呢?于是,一面收拾,一面思忖。"敛容",刚才弹奏时由于情绪激越,不单是衣裳有些乱了,悲欢也都形于色。至谈话时,自然要整理情绪,从音乐意境中收回心来,于是收敛起脸上的表情。这既是尊重别人,也是自重。琵琶女并非轻薄浮躁之人,前面已经写出了她的人格:"琵琶声停欲语迟","犹抱琵琶半遮面",正代表着女性的羞怯和矜持。

自言本是京城女,家在虾蟆陵下住

琵琶女自叙道:我本来是京城长安女子,家住在虾蟆陵。"虾蟆陵",在长安城东南曲江附近,是歌女聚居之地。旧说董仲舒葬此,门人经过这里,都下马步行,所以叫下马陵。后人误传为虾蟆陵。

从这里至"梦啼妆泪红阑干",都是琵琶女自述身世。诗人用诗为琵琶女的半生遭遇,谱写了一曲扣人心弦的悲歌,与"说尽心中无限事"的乐曲相互补充,完成女主人公的形象塑造。

十三学得琵琶成,名属教坊第一部

十三岁时,我就学成了琵琶,名字编排在教坊之中,是属于第一流的。上面是叙籍贯,这里是叙出身。"教坊",古时管理宫廷音乐的官署,专管雅乐以外的音乐、舞蹈、百戏的教习、排练、演出等事务。唐高祖武德后,在禁中设内教坊。玄宗开元二年,在蓬莱宫侧置内教坊,洛阳、长安又各设左右教坊二所,以中官为教坊

《浔阳送客图卷》局部　明代·文伯仁

使。内教坊兼习雅乐和俗乐，外教坊则皆为俗乐。这位琵琶女大概是挂名外教坊的。"第一部"，指首席乐队。

曲罢曾教善才伏，妆成每被秋娘妒

那时，我技艺超群，曾经一曲弹完后，让琵琶师傅也佩服；我还貌美过人，妆扮之后常被秋娘嫉妒。这两句写琵琶女色艺双绝。"善才"，唐代对琵琶师的称谓。"伏"，通"服"，敬佩。"秋娘"，当时的一位著名歌妓，这里是泛指歌妓女伶。

五陵年少争缠头，一曲红绡不知数

京师的富贵子弟争着给我赏赐，赠送缠头；每当一曲弹罢，不知要给多少彩绸。这两句写琵琶女追忆当年在长安时的生活，语含感叹。"五陵年少"，指富贵人家子弟。"五陵"，指西汉五个皇帝的陵墓：高帝之长陵、惠帝之安陵、景帝之阳陵、武帝之茂陵及昭帝之平陵，都在长安城北。唐时，曾将各地的一些富豪迁到陵邑周围，以繁荣邑址，故五陵多富家子弟。"缠头"，也叫"缠头彩"，歌舞艺人表演完毕，客人以罗锦等丝织品为赠。后来多用钱物代之。"红绡"，红色薄绸或绫缎等丝织品。

钿头云篦击节碎，血色罗裙翻酒污

用钿头云篦等贵重首饰来打拍子，哪怕碎了也毫不可惜；纵酒欢歌中，我红色的罗裙常因酒杯翻覆而污损。"钿"，是用金、银、玉、贝等制成的花朵状的首饰。"云篦"，即云状的篦，是一种比梳子密的梳头用具。"云"，一作"银"。

今年欢笑复明年，秋月春风等闲度

一年又一年的欢笑作乐，多少良辰美景就这样随随便便地消磨掉了。从这里可以看出，琵琶女在忆昔思今中，有着淡淡的留恋，更有悔恨和痛惜。"秋月春风"，比喻美好的青春年华。

弟走从军阿姨死，暮去朝来颜色故

一起出道的师妹随军去了，阿姨也去世了；暮去朝来，时光流逝，我的容貌渐渐衰老了。据《教坊志》《北里志》《唐国史补》记载，唐代的倡优妓女惯以兄、弟相称，以至影响到宫廷教坊，出现了女兄女弟这类称呼。这里所说的"从军"，是指做随军倡妓。"阿姨"，是歌妓对其所居坊曲之主的称呼。

以上十二句，言青春欢笑。以下六句，言老大沦落。盛衰之感，对比强烈。

门前冷落鞍马稀，老大嫁作商人妇

因容颜衰老，无人光顾，来往的车马越来越少，门前冷冷清清。我年华老去，最后嫁给一位商人做妻子。这两句以如诉如泣的抒情笔调，概括出古今大抵相同的歌女命运。

商人重利轻别离，前月浮梁买茶去

商人只重财利，从不把别离当一回事，上个月他到浮梁买茶去了。这里不说"卖茶"，而说"买茶"，与当时的榷茶、税茶制度有关。"榷"的本义是独木舟，引申为专利。榷茶就是唐代官府采取的茶叶专卖制度。白居易写此诗的元和十一年（816），榷茶法已推行多年。浔阳的茶商经营茶叶，先要到就近的浮梁进货，即"买茶"。商人流动性较大，琵琶女与丈夫自然是离多聚少。这两句叙写，强化了琵琶女天涯沦落之恨。"浮梁"，唐时属饶州，治所在今江西景德镇市北浮梁。浮梁之茶虽非名品，但产量丰富，是当时茶叶的重要集散地。

去来江口守空船，绕船月明江水寒

他走了之后，留下我一人，在江口独守着这艘空船；围绕着船外的，只有一轮明月，映着一片清冷的江水。这是诗中第三次描写月亮。独守空船，惟有清冷的江水和明月作伴，与昔日长安的繁华形成强烈对比。

夜深忽梦少年事，梦啼妆泪红阑干

夜深时，忽然梦见年轻时候的事，禁不住啼哭起来；泪水纵横，和着胭脂，流得满脸都是。"梦啼"句，凄苦中犹有娇憨与率真，哀感顽艳，合乎身分。"梦啼妆泪"，是说梦中啼哭，脸上带着泪痕。"妆泪"即胭脂泪。"红"本指胭脂色，这里作动词。"阑干"，（泪水）纵横流淌的样子。

我闻琵琶已叹息，又闻此语重唧唧

听到她弹奏的琵琶曲，就已够让我感伤叹息了。现在听了这一番叙述，更加让我叹息不已。"重"，更加。"唧唧"，叹息声。

同是天涯沦落人，相逢何必曾相识

彼此同样是流落天涯、四处飘零的人，虽说今夜初次相逢，又何必曾经互相认识呢？琵琶女的身世，激起诗人情感的共鸣。同病相怜，同声相应，他将自己贬谪江州和琵琶女流落江头的悲惨遭遇联系在一起，酝酿出这传诵千古的名句。诗人发自肺腑的感慨，道出了人生旅程中无数孤独者的心声，是全诗主旨所在。它已超越时代，成为后世饱经沧桑的人邂逅时的共同感受。毛泽东读《琵琶行》时曾在这两句下面划了许多加重号，还批道："江州司马，青衫泪湿。同在天涯，作者与琵琶演奏者有平等心情。白诗高处在此，不在他处。"

我从去年辞帝京，谪居卧病浔阳城

我从去年离开京城，被贬官来到浔阳城，经常卧病在床上。以下是作者剖露心曲。在琵琶女的命运激起的感情波澜中，他坦露自我形象，将平生遭遇和谪居僻所的失意心情倾诉出来。

浔阳地僻无音乐，终岁不闻丝竹声

浔阳地处偏僻，没有什么音乐，整年听不到美妙的音乐声。这里实际是说自己孤独寂寞，没有知音。

住近湓江地低湿，黄芦苦竹绕宅生

我的住处靠近湓江，又低又湿，黄芦、苦竹绕着宅院丛生。"湓江"，今名龙开河，源出江西省瑞昌县清湓山，东流经九江入长江。其江口就是"序"所说的"湓浦口"。"苦竹"，伞柄竹。

其间旦暮闻何物？杜鹃啼血猿哀鸣

在这种环境里，早晚能听到什么呢？只能听到杜鹃凄楚的啼叫和猿猴哀鸣的音声。"杜鹃"，又名杜宇、子规，相传为古蜀国的一位国君杜宇（又称望帝）魂魄所化。春末夏初，常昼夜啼鸣，其声哀切凄婉。

春江花朝秋月夜，往往取酒还独倾

每当春江花开之时、秋月皎洁之夜，我往往拿了酒，自饮自酌。"春江""花朝""秋月夜"，都是迷人的景色。在景色迷人的大好时光里，他人邀朋聚友，吟诗作赋，开怀畅饮；诗人却独自一人，喝着闷酒，寂寥难遣。这种贬谪外任的苦闷心情，使诗句里浸透着感伤与愤激。

岂无山歌与村笛？呕哑嘲哳难为听

难道连山歌或村笛都没有吗？有，但是声音杂乱刺耳，实在难听。"呕哑嘲哳"，形容乐声杂乱难听。诗人之意或许并非实说音乐难听，而是借不如意的环境衬托自己"不得意"的境遇。

今夜闻君琵琶语，如听仙乐耳暂明

今夜听了你琵琶的旋律，好像听到仙乐一样，使我耳朵一时清爽起来。"仙乐"，形容乐声美妙动听，仿佛来自仙界。

莫辞更坐弹一曲，为君翻作琵琶行

请你不要推辞，重新坐下，再来弹一曲，让我来为你写一首

《琵琶行》的曲词。"更坐"，即再次坐下来。"翻作"，是说按曲填写歌词。

感我此言良久立，却坐促弦弦转急

她被我这些话感动，站立了很久，然后重新坐下来。她调紧丝弦，弦声顿时变得急促起来。这里巧妙写出琵琶女与诗人内心复杂感情的契合，着笔不多，却十分传神。"却"，退回。"却坐"，回头重新坐下。

凄凄不似向前声，满座重闻皆掩泣

琵琶曲声凄凉哀伤，已不像先前的乐声，满座的人听了都忍不住掩面哭泣。究竟为何不似"向前声"，未说，其实也不用说。因为前面已有大段描写作铺垫，只说满座哭泣，即已表明凄凉哀切之情。

座中泣下谁最多，江州司马青衫湿

要问在座的人中，谁的眼泪流得最多？当然是我这个江州司马，你看，眼泪都已将青衫官服打湿。相遇知音人，一洒同情泪。一个是飘零江湖的长安歌妓，一个是得罪遭贬的朝廷命官；一个是"红妆泪"，一个是"青衫泪"。明写前者，暗写后者。二者彼此地位悬隔，却能产生强烈的感情共鸣和交流，这是最为难得和感人的。陈寅恪《元白诗笺证稿》云："作此诗之人与此诗所咏之人，二者为一体。真可谓能所双亡，主宾俱化，专一而更专一，感慨复加感慨。""青衫"，唐代文官品级最低（八品、九品）的服色。当时白居易职为州司马，为从五品，但"唐制服色不视职事官，而视阶官之品"（宋代王楙《野客丛书》卷二十七）。阶官，是有官名而无固定职事的散官品级的称号，相别于职事官而言。当时白居易官阶是将仕郎，为从九品下阶，故应穿青衫。

评 解

《琵琶行》和《长恨歌》是白居易诗中的双璧。即使没有其他作品，只凭这两首诗，白居易就足以不朽。与早年的《长恨歌》写历史题材有所不同，《琵琶行》转到了现实题材。诗人通过亲身见闻，叙写了琵琶女的沦落命运，并由此关合到自己的被贬遭际，发出"同是天涯沦落人"的深沉感慨。因为有切身体验，所以感情特别真诚深挚；因为是在贬所深秋月夜的江面巧遇琵琶女，所以诗情特别哀婉苍凉。《琵琶行》一出，不仅当即风靡宫廷里巷，而且千百年来一直传颂不衰，显示了强大的艺术生命力。唐宣宗有"童子解吟《长恨》曲，胡儿能唱《琵琶篇》"（《吊乐天》）之赞，清代张维屏有"一曲琵琶说到今"（《琵琶亭》）之叹。

这首长诗结构严谨，层次分明，可分为四部分。从开头到"犹抱琵琶半遮面"为第一部分，通过秋夜浔阳江头景色与送客场面的描写，烘托出凄凉冷落的氛围。第二部分从"转轴拨弦三两声"到"唯见江心秋月白"，正面描述琵琶女的高超技艺和感人至深的音乐效果，并为她自叙身世作了有力的铺垫。这一部分有三个层次：第一层是序奏，饱含深情，低缓哀婉；第二层是弹奏的第一个高潮；第三层是转折，琴音由疾速强劲转入舒缓。第三部分从"沉吟放拨插弦中"到"梦啼妆泪红阑干"，介绍琵琶女由少年欢乐到老年伤悲的不同寻常的经历。第四部分从"我闻琵琶已叹息"到结束，把琵琶女和诗人自身的命运联系起来，抒发了诗人政治失意的抑郁之情。

全诗语言平易简洁，却又极有表现力，不求其工而自工；而且画意鲜明，诗情浓郁，清词妙喻，络绎不绝。尤其是对琵琶女弹奏乐曲的描写，达到了出神入化的境界。正如《傅雷家书》所说："白居易对音节与情绪的关系悟得很深。凡是转到伤感的地方，必定改用仄声韵。《琵琶行》中'大弦嘈嘈''小弦切切'一段，好比 staccato（断续），像琵琶的声音极切；而'此时无声胜有声'的几句，等于一个长的 pause（中止），'银瓶……水浆迸'两句，又是突然的 attack（起奏），声势雄壮。"

为表现动人的乐曲，诗人运用了一连串新鲜生动的比喻："大弦嘈嘈如急雨"——深沉繁密，撼人心魄；"小弦切切如私语"——轻柔幽细，缠绵悱恻；"大珠小珠落玉盘"——清脆悦耳，圆润动听；"间关莺语花底滑"——宛转流滑，生机盎然；"幽咽泉流冰下难"——低沉缓慢，悲抑哽咽；"凝绝不通声暂歇"——暂时休止，余韵无穷；"银瓶乍破水浆迸，铁骑突出刀枪鸣"——乐声骤起，高亢激越；"四弦一声如裂帛"——强烈干脆，戛然而止。这些比喻，形象地再现了丰富的音乐情节，使读者真切地感受到乐曲中激扬幽抑、喜乐哀怨的变化。这种变化复杂却不混乱，是经过诗人匠心安排的。音色音调也是衔接的，其变化又起着对比的作用，从而构成优美而丰富的音乐情节，产生了荡气回肠、惊心动魄的艺术效果。

暮江吟

一道残阳铺水中,
半江瑟瑟半江红。
可怜九月初三夜,
露似真珠月似弓。

题 解

  这是一首很有名的七言绝句。其写作时间,有人认为是元和十一年(816)至元和十三年(818)白居易任江州司马时,有人认为是长庆二年(822)白居易在赴杭州任刺史的途中写的。诗中之江,或谓长江,或谓长安东南之曲江。如果是指曲江,则应作于长安。现在已经难以确考。

《烟江叠嶂图》局部　明代·文徵明

句解

一道残阳铺水中，半江瑟瑟半江红

一道西下的夕阳，铺映在江水之中；阳光照射下，江面上波光粼粼，一半呈现出深深的碧色，一半呈现出红色。这两句写太阳落山前的江上景色，就像一幅油画。前一句中的"铺"字用得高妙，不仅形象地表现了太阳接近地平线时斜射在水面上的状态，而且写出了秋天夕阳的柔和，显得很平缓，给人以亲切、安闲的感觉。后一句抓住残阳照射下江中细波粼粼、光色瞬息呈现出的两种颜色变化：受光多的部分，呈现一片反射着阳光的红色；受光少的地方，呈现出江水本身的深碧色。"瑟瑟"，本来是珍宝名，其色碧，故影指"碧"字。这里形容背阴处江水的碧绿色。

可怜九月初三夜，露似真珠月似弓

更让人怜爱的，是九月初三凉露下降的月夜；滴滴清露就像粒粒珍珠，一弯新月仿佛一张精巧的弓。这两句写九月初三新月初升的夜景。诗人流连忘返，直到新月初上，凉露下降。此时风光，犹如一幅精描细绘的工笔画。用"真珠"比喻露珠，不仅形象地道出其圆润，而且写出了在新月的清辉下露珠闪烁的光泽。

由描绘一江暮色，到赞美月露，中间似乎少了时间上的衔接，而"九月初三夜"的"夜"无形中把时间连接起来。它上与"暮"接，下与"露""月"相连，这就意味着诗人从黄昏时起，一直玩赏到月上露下，蕴含着他对大自然的喜悦、热爱之情。"可怜"，可爱。"真珠"，即珍珠。

评解

　　这首七绝是一篇写景佳作。语言清丽流畅,格调清新,绘影绘色,细致真切。红日西沉到新月东升这一段时间里,诗人选取两组景物进行描写,运用新颖巧妙的比喻,创造出和谐、宁静的意境。全篇用"可怜"二字,点逗出内心深处的情思,和对大自然的热爱。其写景之微妙,历来备受称道。例如明代杨慎《升庵诗话》评云:"诗有丰韵。言残阳铺水,半江之碧,如瑟瑟之色;半江红,日所映也。可谓工微入画。"《唐宋诗醇》评云:"写景奇丽,是一幅着色秋江图。"清代王士禛《唐人万首绝句选》评云:"丽绝韵绝,令人神往。"

夜雪

已讶衾枕冷,

复见窗户明。

夜深知雪重,

时闻折竹声。

题解

这首五绝作于元和十一年（816）。白居易时年四十五，任江州司马。

雪，是天公奇妙的造化，是大自然美丽的精灵，也是诗人们情有独钟的诗思寄托物。古人咏雪，不乏佳作。如"昔我往矣，杨柳依依。今我来思，雨雪霏霏"；"北风其凉，雨雪其雱"；"明月照积雪，朔风劲且哀"；"胡风吹朔雪，千里度龙山。集君瑶台下，飞舞两楹前。兹晨自为美，当避艳阳年。艳阳桃李节，皎洁不成妍"；"洒空深巷静，积素广庭闲"；"五月天山雪，无花只有寒"；"燕山雪花大如席，片片吹落轩辕台"；"忽如一夜春风来，千树万树梨花开"等等。不过，以"夜雪"为题的，并不多见。因此，这首小诗可说是一朵别具风采的小花。

《雪景寒林图》局部　宋代·范宽

句 解

已讶衾枕冷，复见窗户明

天气寒冷，人在睡梦中被冻醒，惊讶地发现盖在身上的被子已经有些冰冷。疑惑之间，抬眼望去，只见窗户被映得明亮亮的。开篇先从触觉（冷）写起，再转到视觉（明）。"冷"字，暗点出落雪已多时。一般来讲，雪初落时，空中的寒气全被水汽吸收以凝成雪花，气温不会骤降，待到雪大，才会加重寒意。"讶"字，也是在写雪。人之所以起初浑然不觉，待寒冷袭来才忽然醒悟，皆因雪落地无声。这就于"寒"之外写出雪的又一特点，正如陶渊明写雪名句所谓"倾耳无希声，在目皓已洁"（《癸卯十二月中作与从弟敬远》）。

这两句是写人的所感所见，虽全用侧写，却扣题很紧。感到"衾枕冷"正说明夜来人已拥衾而卧，从而点出是"夜雪"。"复见窗户明"，从视觉的角度进一步写夜雪。夜深却见窗明，正说明雪下得大、积得深，是积雪的强烈反光给暗夜带来了亮光。

夜深知雪重，时闻折竹声

这才知道夜间下了一场大雪，雪下得那么大，不时听到院落里的竹子被雪压折的声响。这两句变换角度，从听觉（闻）写出。用的是倒装方式，上句是果，下句是因，构思巧妙，曲折有致。诗人选取"折竹"这一细节，衬托出"重"字。通过积雪压折竹枝的声音，判断雪很大，而且雪势有增无已。诗人的感觉确实细致非常。"折竹声"于"夜深"而"时闻"，显示出雪夜的宁静。

这一结句，以有声衬无声，使全诗的画面静中有动，清新淡雅，真切地呈现出一个万籁俱寂、银装素裹的清宁世界。可与王维的诗句"月出惊山鸟，时鸣春涧中"（《鸟鸣涧》）相媲美。

评 解

这首小诗充分体现了诗人通俗易懂、明白晓畅的语言特色。它朴实自然，却韵味十足；诗境平易，而浑成熨帖，无一丝雕琢和安排的痕迹。这正是白体特有的风格。全诗短短二十字，无一字一句直接写及如何下雪，却句句紧扣诗题，从各个不同侧面衬托出夜间下雪的情景，可谓另有云天之妙。

诗中既没有色彩的刻画，也不作姿态的描摹，初看简直毫不起眼。但细细品味，便会发现它不仅凝重古朴、清新淡雅，而且新颖别致，立意不俗。试想，雪无声无味，只能从颜色、形状、姿态见出分别，而在沉沉夜色里，雪的形象自然难以捕捉。然而，乐于创新的白居易正是从这一特殊情况出发，依次从触觉（冷）、视觉（明）、感觉（知）、听觉（闻）四个层次叙写，一波数折，曲尽其貌其势、其情其状。

问刘十九

绿蚁新醅酒,
红泥小火炉。
晚来天欲雪,
能饮一杯无?

题解

这是一首邀朋友喝酒的诗,作于元和十二年(817)。白居易时年四十六,正在江州司马任上。刘十九大概是作者在江州时的朋友,名字不详。很多选本认为是彭城人刘轲,据朱金城《白居易集笺校》考证,非也。作者另有《刘十九同宿》诗云"唯共嵩阳刘处士",可知刘十九为河南登封人。"十九",是指排行。

《雪堂客话图》局部　宋代·夏圭

句 解

绿蚁新醅酒，红泥小火炉

我家新酿的米酒还未过滤，酒面上泛起一层绿渣，香气扑鼻。烫酒用的小火炉，也已准备好了，是用红泥烧制成的。"绿蚁"，是指新酿的米酒，在未过滤时，酒液面上浮有一层酒渣，色微绿，细如蚁，故称为"绿蚁"。"醅"，是指没有滤过的酒。

这两句以"绿蚁""红泥"相对列出，色彩的配合极为鲜艳明丽，首先给人以赏心悦目之感。酒是新酿的，迫不及待地等人共品。红泥做的小火炉，小巧又朴素；炉火旺旺的，既可取暖，又可温酒。这真挚的情意真是比酒还淳厚。

晚来天欲雪，能饮一杯无

天色阴沉，看样子晚上要下雪，你能来我这里共饮一杯吗？"天欲雪"，说明天气正当寒冷。此时，与朋友围炉对酒、促膝夜话，不失为人生一大乐趣。俗话说，"酒逢知己千杯少，话不投机半句多"。喝酒，讲究的是"兴"；酒中，又寄托着情。这两句正好道出酒中真趣，洋溢着美好人情。

"晚来"，就是晚上。"来"，是语助词。"雪"，即下雪，此处用作动词。"无"，是表疑问的语气词，相当于"否""么"。俞陛云《诗境浅说续编》评价说："末句之'无'字，妙作问语；千载下，如闻声口也。"

评解

　　这是一首五言绝句,作为篇幅和字数最少的一种诗体,如何以少纳多,是最值得作者和读者考量的问题。此诗堪称典范。全篇简练含蓄,轻松洒脱,而其间脉络十分清晰。从层次上看,首句先出酒,二句再示温酒之具,三句又说寒天饮酒最好,末句问对方能否来共饮,而且又点破诗题中的"问"字。从关系上看,首末句相呼应,二三句相承递。诗句之间,意脉相通,一气贯之。

　　诗作从日常生活中的一个侧面落笔,以如叙家常的语气,朴素亲切的语言,富于生活气息的情趣,不加雕琢地写出朋友间恳诚亲密的关系。《唐诗三百首》评价说:"信手拈来,都成妙谛。诗家三昧,如是如是。"《唐诗评注读本》云:"用土语不见俗,乃是点铁成金手段。"

大林寺桃花

人间四月芳菲尽,

山寺桃花始盛开。

长恨春归无觅处,

不知转入此中来。

题 解

  这是一首纪游诗,作于元和十二年(817)四月。白居易时任江州(今江西九江)司马,年四十六。"大林寺",在庐山香炉峰顶,相传为晋代僧人昙诜所建,为佛教胜地。

  关于这首诗的写作情况,白居易集有《游大林寺序》可参考:"余与河南元集虚、范阳张允中、南阳张深之、广平宋郁、安定梁必复、范阳张时、东林寺沙门法演、智满、士坚、利辩、道深、道建、神照、云皋、恩慈、寂然凡十七人,自遗爱草堂历东西二林(指东林寺、西林寺),抵化城(指大化城寺),憩峰顶,登香炉峰,宿大林寺。大林穷远,人迹罕到。环寺多清流苍石、短松瘦竹,寺中唯板屋木器,其僧皆海东人。山高地深,时节绝晚,于

《江乡清晓图》局部　清代·禹之鼎

时孟夏月,如正二月天,山桃始华,涧草犹短,人物风候与平地聚落不同。初到恍然若别造一世界者。因口号绝句云(即此诗)。既而周览屋壁,见萧郎中存、魏郎中宏简、李补阙渤三人姓名诗句,因与集虚辈叹且曰:'此地实匡庐间第一境。'由驿路至山门,曾无半日程,自萧、魏、李游,迨今垂二十年,寂寥无继来者。嗟乎!名利之诱人也如此。时元和十二年四月九日,太原白乐天序。"

句 解

人间四月芳菲尽,山寺桃花始盛开

四月里,山下世间的花儿都纷纷落尽了;山上大林寺里的桃花,却刚刚灼灼盛开。诗人登山时已届孟夏,正是大地春归、芳菲落尽之时,没想到在高山古寺中,遇上又一片春景。从紧跟后面的"长恨春归无觅处"可以得知,诗人在登临之前,曾为春光易逝而叹怨。因此,当这始所未料的春景映入眼帘时,该是多么惊喜!

这两句中,"芳菲尽"与"始盛开",在对比中遥相呼应。字面上是纪事写景,而言外是写感情和思绪的跳跃:由愁绪满怀的叹逝之情,突转为惊喜之情。在首句开头,诗人着意斟选"人间"二字,似乎是在表达一种特殊感受:这一奇遇、这一胜景,让人仿佛从人间的现实世界,突然步入到神话中的仙境。"人间",指庐山下的平地村落。

长恨春归无觅处，不知转入此中来

春天归去的时候，我常常怨恨无处把她寻找；谁料得到，她竟悄悄地溜到这深山寺庙来。正是在这一突来美景的刺激、触发下，诗人想象的翅膀飞腾起来了。他想到，自己曾因为惜春、恋春，以致怨恨春去的无情，谁知却是错怪了。这里把春光拟人化，仿佛她真有脚似的，可以转来躲去；而且岂只是有脚而已，你看她简直还具有顽皮惹人的性格呢。

评 解

这首诗以趣胜。全诗短短四句，从内容到语言似乎都没有什么深奥、奇警的地方，只不过是把"山高地深，时节绝晚""与平地聚落不同"的景物节候，作了一番记述和描写。但细读之下，就会发现这首平淡自然的小诗，却写得意境深邃，富于情趣。它不仅写出了在山寺看见迟开桃花的喜出望外之情，而且蕴含了人间事所谓"别有一番天地"的理趣。

诗人用对比和拟人的手法，把自然界的春光描写得如此生动具体、天真可爱。如果没有对春的留恋与热爱，没有诗人的一片童心，是写不出来的。这首小诗的佳处，正在立意新颖，构思灵巧；而戏语雅趣，又启人神思，可谓唐人绝句中不可多得的珍品。

花非花

花非花,雾非雾,
夜半来,天明去。
来如春梦几多时,
去似朝云无觅处。

题 解

据朱金城《白居易集笺校》,这首诗作于长庆三年(823)以前。诗取前三字为题,近乎"无题"。在《白氏长庆集》中,编在卷十二《真娘墓》《长恨歌》《琵琶行》《简简吟》之后,归入感伤类,可见其主题基调是感伤。《长恨歌》《琵琶行》自不必说,《真娘墓》《简简吟》二诗,均为悼亡之作,抒发的都是往事虽美,却如梦如云、不复可得之叹。如《真娘墓》诗:"脂肤荑手不坚固,世间尤物难留连。"《简简吟》:"大都好物不坚牢,彩云易散琉璃碎。"《花非花》一诗紧编在《简简吟》之后,可以约略看出此诗归趣的消息。

宋代词人张先有感于此诗,将它衍为《御街行》〔般涉调〕:"夭非花艳轻非雾。来夜半、天明去。来如春梦不多时,去似朝云

《白云红树图》局部　明代·蓝瑛

何处。远鸡栖燕，落星沉月，統統城头鼓。 参差渐辨西池树。珠阁斜开户。绿苔深径少人行，苔上屐痕无数。余香遗粉，剩衾闲枕，天把多情付。"

句解

花非花，雾非雾，夜半来，天明去

说它是花么？不是花；说它是雾吗？又不是雾。夜深之时它到来，天亮之后又去了！花，是这首诗的第一个关键意象。自古以来，花是诗人们吟咏不衰的对象。白居易酷爱花，他的咏花诗很多，如："花房腻似红莲朵，艳色鲜如紫牡丹"（木莲花）；"宿露轻盈泛紫艳，朝阳照耀生红光"（牡丹花）；"春芽细炷千灯焰，夏蕊浓焚百和香"（石楠花）；"火树风来翻绛艳，琼枝日出晒红纱"（枇杷花）；"风翻火焰欲烧人"（石榴花）；"素房含露玉冠鲜"（白莲花）……花如美人，美人如花，是白诗常用的比喻。如"少府无妻春寂寞，花开将尔当夫人"，可是这首诗中的主角，却非花又非雾。是什么呢？是"夜半来，天明去"的人。这个人，"来如春梦"，犹如高唐神女，倏忽来去，平添怀想，"去似朝云"，再无踪影。

来如春梦几多时，去似朝云无觅处

来的时候像一场春梦，停留没有多时。去了以后，如早晨飘散的云彩，无处寻觅。梦，是这首诗的第二个关键意象。人生如梦，浮生如梦，是白居易常常感慨咏叹的。如："人生同大梦，梦与觉谁分？况是梦中梦，悠哉何足云"；"荣枯事过都是梦，忧喜心亡便是禅"；"是非都付梦，语默不妨禅"；"莫惊宠辱虚惊喜，莫计恩仇浪苦辛。黄帝孔丘无处问，安知不是梦中身"；"鹿疑郑相终难辨，蝶化庄生讵可知？假使如今不是梦，能长于梦几多时"；"此生都是梦，前事旋成空"。梦里欢乐，虽然美妙，却一切归于虚幻。梦醒之后，未免徒增悲伤。

评 解

　　白居易的诗向来以浅近直白著称，但这首《花非花》却句式奇特，且通篇取譬，十分含蓄，甚至迷离，堪称是中国文学史上最早的朦胧诗的代表。杨慎在《词品》中评价说："盖其自度之曲，因情生文，虽《高唐》《洛神》，奇丽不及也。"是的，这就是一首因情生文的情诗。诗全用比喻，但所喻之事始终未明言，可能是追忆和一个美丽女子邂逅欢会的情景。作者欲言又止，却又止不住说出真情：春梦无多，回味无穷；朝云遽散，惋惜惆怅。元稹《梦游春七十韵》有句"不辨花貌人，空惊香若雾"，是以花比貌，以雾喻香，白居易则是以雾状美人之飘逸，颇富仙韵。退一步讲，即使难以确指为追忆和一个美丽女子邂逅欢会，诗中所言也必定是虽美好而难久远的事物。

　　美好的人、事、物所显现出的光环往往转瞬即逝，不能不使人对美仅能存留一点朦胧的感觉。其实，美就在于短暂，在于朦胧，在于无法真正把握，难得长期拥有。这不正如花之早败，雾之易逝吗？

钱塘湖春行

孤山寺北贾亭西,
水面初平云脚低。
几处早莺争暖树,
谁家新燕啄春泥?
乱花渐欲迷人眼,
浅草才能没马蹄。
最爱湖东行不足,
绿杨阴里白沙堤。

题 解

这首诗作于长庆三年(823)。白居易时年五十二,任杭州刺史。钱塘湖,即杭州西湖。提起西湖,人们就会联想到苏轼的名句:"欲把西湖比西子,淡妆浓抹总相宜。"不过在此之前,白居易的这首《钱塘湖春行》,是知名度最高的西湖诗。尽管此前有关西湖的题咏很多,但惟有这一首能够扣紧环境和季节的特征,把刚刚披上春衣的西湖,描绘得生意盎然、恰到好处,令人仿佛身临其境。

《西湖全景图》局部 清代·周尚文

句解

孤山寺北贾亭西，水面初平云脚低

在孤山寺北、贾亭之西，春水新涨，湖面刚刚漫平；在水色天光的混茫中，天空舒卷的白云和湖面荡漾的水波连成一片，云彩显得是那样的低。"孤山"，在后湖与外湖之间，峰峦耸立，上有孤山寺，是湖中登览胜地，也是全湖一个突出的标志。"贾亭"，一名贾公亭。《唐语林》卷六云："贞元中，贾全为杭州（刺史），于西湖造亭，为贾公亭；未五六十年废。"白居易作此诗时，贾亭尚在，在当时也是西湖名胜。有了上句的叙述，下句的"水面"自然指的就是西湖湖面了。"水面"句，勾勒出湖上早春的轮廓。

几处早莺争暖树，谁家新燕啄春泥

有几处地方，黄莺争着栖身在向阳的树枝上；谁家刚飞来的燕子正忙于啄泥衔草，营建新巢？诗人对西湖景物的选择是典型的，用笔亦细致入微。说"几处"，可见不是"处处"；说"谁家"，可见不是"家家"，因为这还是初春季节。这样，"早莺"的"早"和"新燕"的"新"，就在意义上相互生发，构成一幅完整的画面。黄莺啼声清脆悦耳，燕子刚刚越冬归来，它们都富于季节的敏感，是春天来临的象征。诗人从莺歌燕舞的动态中，把大自然从冬睡中苏醒过来的早春活力生动地描绘了出来，给人一种清新明快、骀荡欢悦的感受。

乱花渐欲迷人眼，浅草才能没马蹄

树上、地上，各种各样的花儿，有的含苞待放，有的争已吐艳，渐渐地有让人眼花缭乱之势；遍地的小草，绿绿茵茵，刚刚能没过马蹄。"乱花"，显出蓓蕾初绽，并非极盛。"渐欲"，反映了花儿将盛未盛之时、对人欲迷未迷之状。这一句透露出的消息是，这里很快地就会姹紫嫣红，春色满湖山。"浅草"，状其细嫩。马踏浅草，舒而不碍，徐徐前行，点出游春之意。唐时，到西湖骑马游春的风俗极盛，连歌姬舞妓也不例外。

这一联描绘精细生动，是构成全诗清新明快风格的主要一笔。写的虽是一般春景，却和下一联的"白沙堤"有着紧密的联系。

最爱湖东行不足，绿杨阴里白沙堤

我最爱的还是湖东，在那白沙堤上，杨柳吐翠，绿树成荫。徜徉其间，总让人留连忘返，怎么游也游不够。尾联即景抒情，直接吐露诗人对西湖的由衷喜爱。"最爱"，潜台词是所有的景物都很可爱。"白沙堤"，即通常所说的白堤，又叫沙堤，或断桥堤。西湖三面环山，白堤中贯，在湖东一带。此堤并非白居易倡导修筑。白居易在杭州时，曾在钱塘门之北修堤蓄水，灌溉民田。后人常常误以西湖白堤为白氏所筑。

评 解

这是一首写景的七律。前四句写湖上春光，范围宽广；后四句专写湖东景色，归结到白沙堤。前面是先点明环境，再写景；后面是先写景，然后再点明环境。诗以孤山寺起，以白沙堤终，从点到面，又由面回到点，中间的转换，不见痕迹。结构之妙，正如清代薛雪《一瓢诗话》所说那样，乐天诗"章法变化，条理井然"。

　　清代方东树《昭昧詹言》续卷五评价此诗"佳处在象中有兴，有人在，不比死句"。确实，这首诗的妙处不在于穷形尽象的刻画，而在于即景寓情。不仅写出西湖早春景物之美，而且传达出内在的生机与意态，以及自然美景带给人的美好、愉悦的感受。所谓"象中有兴，有人在"，所谓"随物赋形，所在充满"（金代王若虚《滹南诗话》），可以从这个意义去理解。

《茅屋闲眺图》局部 明代·赵左

与梦得沽酒闲饮且约后期

少时犹不忧生计,
老后谁能惜酒钱?
共把十千沽一斗,
相看七十欠三年。
闲征雅令穷经史,
醉听清吟胜管弦。
更待菊黄家酝熟,
共君一醉一陶然。

题解

这首诗作于开成三年(838)。白居易当时在洛阳,任太子少傅(即皇太子的导师)。

"梦得"是刘禹锡的字。刘禹锡(772—842),洛阳人,与白居易同龄,是白居易晚年心心相印的挚友,所谓前有"元白",后有"刘白"。白居易对刘禹锡的诗非常推崇,称他为"诗豪"。刘

《山楼客话图》局部 清代·章采

禹锡七十一岁逝世时，白居易曾写下《哭刘尚书梦得二首》，诗中说："四海齐名白与刘，百年交分两绸缪。同贫同病退闲日，一死一生临老头。"

白居易写此诗时，刘禹锡也在洛阳，任太子宾客分司。当时两人任的都是闲职。诗题的意思是：我与梦得买酒闲饮，并约定今后相会之期。

句 解

少时犹不忧生计，老后谁能惜酒钱

年轻时尚且不担忧生计，到老来谁又会吝惜几个酒钱？首联直抒慨叹。从"少时"到"老后"，是对平生的回顾，蕴含着一丝悲怆的身世之感。"少时"句，写出年轻时的稚气与豪气；"老后"句，流露出饱经沧桑、阅尽世情冷暖的暮气。

共把十千沽一斗，相看七十欠三年

我们一起买来名贵的酒，举杯共饮；两相对看，你我距七十岁都只差三年。白、刘二人都曾经历坎坷，又都是狂放通达之人。于上句中，可见出诗友聚会时的豪情；下句转为顿挫，骨子里有凄凉沉痛之意。白、刘同生于公元772年，此时都已六十七岁，故谓"七十欠三年"。两两"相看"之下，看到了什么？首先自然是容貌，白发苍苍，皱纹满面。俗话说"人生七十古来稀"，青春固然难留，而来日竟已不多。这怎能不让人感慨万千？因此，"相看"的背后，实际上包含着人生浮沉、岁月无情的复杂感情。"十千",即十千钱,借以形容酒的名贵。"斗",古代酒以升斗论量。

闲征雅令穷经史,醉听清吟胜管弦

闲饮中,我们征引经史文句以行酒令;醉意中,我们吟诵诗句,胜过那管弦之乐。这一联,具体描写出诗题中所说"闲饮"情状,与诗人的身份、处境极其相符。因为是文人,故闲中有雅趣;因为年老,闲雅之中便有了清逸淡然之风。应该说,这是人生的另一种境界,是精神世界的自得其乐与极大满足。这里的"醉",似醉而非真醉。与其说是醉于美酒,不如说是醉于心。一般的丝竹可以悦耳动听,却无法像知己那样心灵相契,获得感情上的慰藉与共鸣。"雅令",典雅的酒令。"穷",穷尽,此言广征博引。"清吟",指吟咏诗句。自得其乐

更待菊黄家酝熟,共君一醉一陶然

等到秋后菊黄,家酿的美酒熟了之时,我和你再一醉方休,共享那陶然之乐。尾联写"约后期",把眼前的聚会引向未来,把友情和诗意推向高峰。"家酝",自家酿造的酒。与"沽酒"相比,又进了一层,让人倍觉亲切与醇美。故虽是写酒,实为抒情。

评 解

白居易晚年大部分时间都在东都洛阳,过着他的"中隐"生活,这一时期的诗作也以"闲适诗"为主。这首诗就是其中的代表。

刘禹锡读过此诗后，以《乐天以愚相访沽酒致欢，因成七言聊以奉答》相应和，诗云："少年曾醉酒旗下，同辈黄衣颔亦黄。蹴踏青云寻入仕，萧条白发且飞觞。令征古事欢生雅，客唤闲人兴任狂。犹胜独居荒草院，蝉声听尽到寒　。"

两位性情趣味相投的老朋友，在一起诗酒相娱，将前生不快之事尽抛脑后，纵情安享晚年余生，"共君一醉一陶然"，纯然闲雅情怀。超脱如陶渊明，而惬意则过之。全诗言简意富，语淡情深，通篇用赋体，却毫不平板呆滞，见出炉火纯青的艺术功力。

北京的陶然亭，为康熙年间江藻所建，一直是城南著名的觞咏之地，其取名即来自这首诗的末句。